人生文丛

林贤治
主编

雅致人生

梁实秋 著

SPM
南方传媒 花城出版社

中国·广州

图书在版编目（CIP）数据

雅致人生 / 梁实秋著. -- 广州：花城出版社，
2024.1
　（人生文丛 / 林贤治主编）
　ISBN 978-7-5360-9456-7

　Ⅰ．①雅…　Ⅱ．①梁…　Ⅲ．①散文集－中国－现代
Ⅳ．①I266

中国版本图书馆CIP数据核字(2022)第027365号

出 版 人：张　懿
特邀编辑：余红梅
项目统筹：揭莉琳　邹蔚昀
责任编辑：梁宝星　揭莉琳
责任校对：李道学
技术编辑：凌春梅
封面绘图：老　树
装帧设计：姚　敏

书　　名	雅致人生
	YAZHI RENSHENG
出版发行	花城出版社
	（广州市环市东路水荫路 11 号）
经　　销	全国新华书店
印　　刷	佛山市迎高彩印有限公司
	（佛山市顺德区陈村镇广隆工业区兴业七路 9 号）
开　　本	880 毫米 ×1230 毫米　32 开
印　　张	8.5　2 插页
字　　数	162,000 字
版　　次	2024 年 1 月第 1 版　2024 年 1 月第 1 次印刷
定　　价	46.00 元

如发现印装质量问题，请直接与印刷厂联系调换。
购书热线：020-37604658　37602954
花城出版社网站：http://www.fcph.com.cn

人生
文丛 | 看纷纭世态
读各色人生

写在"人生文丛"新版之前

20世纪90年代初，受出版社之邀，编选了"人生文丛"，计二十种。恰逢第四届全国书市在广州举办，这套丛书成了场上的"骄子"，被评为"十大畅销书"之一。此后一段时间，一版再版，受欢迎的程度超乎出版人的预想。其时，坊间腾起一股"散文热"。若果"人生文丛"算不上引燃物的话，至少，它提供的柴薪是增添了不少热量的。

五四开启了一个时代，星汉灿烂，人才辈出。新文学第一代作家的坚实的创作实践，奠定了"艺术为人生"的原则，影响至为深远。"人生文丛"乃从五四后三十年间，遴选有代表性的二十位作家的非虚构作品，也即我们惯称的散文，自然是广义的散文，除了一般的叙事之作，还包括演讲稿，以及带有隐私性质的日记、书信等。这些文字，烙上作者各自的人生印记，不同的思想和艺术个性，真诚、真实、真切，俾普通读者——英国作家伍尔夫郑重地使用了这个词，以它为一本文学评论集命名——借由文学更好地体察社会，思考人生，并从中获得美学的熏陶。

文丛初版时，编者分别使用了一个虚拟的"何氏家族"成员的代名。此次重版，恢复了编者的本名。

　　由于版权变易，初版时的林语堂、巴金已为丁玲、萧红所代替。单从人生富含的文化价值看，后者的意蕴恐怕更深。同样出于版权关系，未予收入张爱玲，这是可遗憾的。无论读文学，读人生，张爱玲都是不容忽略的。

　　新版"人生文丛"，对胡适、郭沫若、冰心、丰子恺等作家，各有篇幅不等的增订。私心里，总是期望选本能够尽善尽美，以贡献于广大读者之前，虽然自知这是很艰难的事。

编者

2023年6月

编辑者说

梁实秋，北京人，1903年1月生，1987年11月病逝于台北。年青时就读于清华学校，毕业后赴美，先后在科罗拉多大学、哈佛大学研究所、哥伦比亚大学研习英语和英美文学。1926年回国，曾在南北数间大学执教。在散文小品创作方面，著有《雅舍小品》《雅舍杂文》《雅舍谈吃》等十余种。同他所编的英汉字典和所译的《莎士比亚全集》一样，影响甚广。美学家朱光潜在致作者的一封信中，对刚刚出版的《雅舍小品》给予很高的评价，认为"对于文学的贡献在翻译莎士比亚的工作之上"。

梁实秋最早以新诗创作涉足文坛，后来从事文学批评，成为二十世纪二三十年代新月派中有名的骁将。在国民党"清党"以后的一个严峻的历史阶段里，他曾以普遍因而不免抽象的人性论反对文学的阶级性和党派性，一度受到鲁迅和其他左翼文艺家的批评。1938年12月，接编《中央日报》文艺副刊，他以编者的身份提出："现在抗战高于一切，所以有人一下笔就忘不了抗战。我的意见稍为不同。与抗战有关的材料，我们最为欢迎，但是与抗战无关的材料，只要真实流畅，也是好的，不必勉强把抗战截搭上去。至于空洞的'抗战八股'，那是对谁都没有益处的。"于是，被认为鼓吹"抗战无关论"而再度受到舆论的批评。或许，这也可以视作"文艺与政治的歧途"之一端罢？但无论如何，脱离社会，回避政治，乃是梁实秋的一贯的思想倾向，这是毋庸讳言的。

1940年，他应刘英士之邀，以"子佳"为笔名在《星期评论》上陆续发表《雅舍小品》。可以说，这些散文小品，正是上述倾向的产物。抗战胜利后，他将1939年至1947年间的创作结集出版，从此一纸风行。

是时代氛围的改变，有助于提高闲适散文的地位呢？抑且在这类文字中，闲适的取材与笔调本身，即含有更大的纯粹性、自在性与超越性呢？不过，作为学者式散文，梁实秋小品自有其艺术特色，这也是的确的。这些小品，取材平易，或是惯见的物事，如衣裳、狗、汽车、门铃；或是惯常的行为，如握手、生病、拜年、散步等，令人易生亲切之感。作者学识丰富，思维锐敏，旁征博引，收纵自如，往往能在一个题目之下，给人以充分的知识享受。加之其天性幽默，文笔轻松，且作品篇幅不大、简洁明澈，自然成了读者喜欢把玩的珍品。他之为文，自然中亦重文采，此之谓"雅致"。如写雨中雅舍："细雨蒙蒙之际，'雅舍'亦复有趣。推窗展望，俨然米氏章法，若云若雾，一片弥漫。但若大雨滂沱，我就又惶悚不安了，屋顶湿印到处都有，起初如碗大，俄而扩大如盆，继则滴水乃不绝，终乃屋顶灰泥突然崩裂，如奇葩初绽……"如写送行："'黯然魂销者，别而已矣。遥想古人送别，也是一种雅人深致。古时交通不便，一去不知多久，再见不知何年，所以南浦唱支骊歌，灞桥折条杨柳，甚至在阳关敬一杯酒，都有意味……"他特别注意所调遣的文字幅度的长短和声调的抑扬，故而读来，别有一种音乐美。

说到学者研究问题时，梁实秋有如此一段话："不惜以狮子搏兔的手段，小题大做，有时候像是迂腐可笑，有时候像是玩物丧志。"移用于他个人的散文创作，似颇合适，优乎劣乎，恐亦尽在此中了。

雅致，对于梁实秋来说，既是一种人生态度，也是一种行文风格。"纸上苍生"，距之甚远。世上的创作，有的全凭情怀，有的借以趣味。梁氏小品，实乃属趣味烹调。这种风味，特别宜于有闲阶级美食家的享用。今请读者诸君尝试一脔，未知以为何如?

目 录

第二辑

生活中的人

第三辑

观察中的人

第一辑

时间中的人

我们的时间之大宗的消耗，

怕还是要由我们自己负责。

女　人

　　有人说女人喜欢说谎；假如女人所捏撰的故事都能抽取版税，便很容易致富。这问题在什么叫做说谎。若是运用小小的机智，打破眼前小小的窘僵，获取精神上小小的胜利，因而牺牲一点点真理，这也可以算是说谎，那么，女人确是比较地富于说谎的天才。有具体的例证。你没有陪过女人买东西吗？尤其是买衣料，她从不干干脆脆地说要做什么衣，要买什么料，准备出多少钱。她必定要东挑西拣，翻天覆地，同时口中念念有词，不是嫌这匹料子太薄，就是怪那匹料子花样太旧，这个不禁洗，那个不禁晒，这个缩头大，那个门面窄，批评得人家一文不值。其实，蛮不是这么一回事，她只是嫌价码太贵而已！如果价钱便宜，其他的缺点全都不成问题，而且本来不要买的也要购储起来。一个女人若是因为炭贵而不生炭盆，她必定对人解释说："冬天生炭盆最不卫生，到春天容易喉咙痛！"屋顶渗漏，塌下盆大的灰泥，在未修补之前，女人便会向人这样解释："我预备在这地方安装电灯。"自己上街买菜的女人，常常只承认散步和呼吸新鲜空气是她上市的唯一理由。艳羡汽车的女人常常表示她最厌恶汽油的臭味。坐在中排看戏的女人常常说前排的头等座位最不舒适。一个女人馈赠别人，必说："实在买不到什么好的……"其实这东西根本不是她买的，是别人送给她的。一个女人表示愿意陪你去上街走走，其实是她顺便要买东西。总之，女人总喜欢拐弯抹角地放一个小小的烟幕，无伤大雅，颇占体面。这也是艺术，王尔德不是说过"艺术即是说谎"么？这些例证还只是一些并无版权的谎话而已。

女人善变，多少总有些哈姆雷特式，拿不定主意；问题大者如离婚结婚，问题小者如换衣换鞋，都往往在心中经过一读二读三读，决议之后再复议，复议之后再否决，女人决定一件事之后，还能随时做一百八十度的大转弯，做出那与决定完全相反的事，使人无法追随。因为变得急速，所以容易给人以"脆弱"的印象。莎士比亚有一名句："'脆弱'呀，你的名字叫做'女人'！"但这脆弱，并不永远使女人吃亏。越是柔韧的东西越不易摧折。女人不仅在决断上善变，即便是一个小小的别针位置也常变，午前在领扣上，午后就也许移到了头发上。三张沙发，能摆出若干阵势；几根头发，能梳出无数花头。讲到服装，其变化之多，常达到荒谬的程度。外国女人的帽子，可以是一根鸡毛，可以是半只铁锅，或是一个畚箕。中国女人的袍子，变化也就够多，领子高的时候可以使她像一只长颈鹿，袖子短的时候恨不得使两腋生风，至于纽扣盘花，滚边镶绣，则更加是变幻莫测。"上帝给她一张脸，她能另造一张出来。""女人是水做的",是活水,不是止水。

女人善哭。从一方面看,哭常是女人的武器,很少人能抵抗她这泪的洗礼。俗语说:"一哭二睡三上吊。"这一哭确实其势难当。但从另一方面看,哭也常是女人的内心的"安全瓣"。女人的忍耐的力量是伟大的,她为了男人,为了小孩,能忍受难堪的委屈。女人对于自己的享受方面,总是属于"斯多亚派"的居多。男人不在家时,她能立刻变成为素食主义者,火炉里能爬出老鼠,开电灯怕费电,再关上又怕费开关。平素既已极端刻苦,一旦精神上再受刺激,便忍无可忍,一腔悲怨天然的化做一把把的鼻涕眼泪,从"安全瓣"中汩汩而出,腾出空虚的心房,再来接受更多的委屈。女人很少破口骂人(骂街便成泼妇,其实甚少),很少撩袖挥拳,但泪腺就比较发达。善哭的也就常常善笑,迷迷地笑,咝咝地笑,咯咯地笑,哈哈的笑,笑是常驻在女人脸上的,这笑脸常常成为最有效的护照。女人最像小孩,她能为了一个滑稽的姿态而笑得前仰后合,肚皮痛,淌眼泪,以至于翻筋斗!哀与乐都像是常川有备,一触即发。

女人的嘴,大概是用在说话方面的时候多。女孩子从小就往往口齿伶俐,就是学外国语也容易朗朗上口,不像嘴里含着一个大舌头。等到长大之后,三五成群,说长道短,声音脆,嗓门高,如蝉噪,如蛙鸣,真当得好几部鼓吹!等到年事再长,万一堕入"长舌"型,则东家长,西家短,飞短流长,搬

5

弄多少是非，惹出无数口舌；万一堕入"喷壶嘴"型，则琐碎繁杂，絮聒唠叨，一件事要说多少回，一句话要说多少遍，如喷壶下注，万流齐发，当者披靡，不可向迩！一个人给他的妻子买一件皮大衣，朋友问他"你是为使她舒适吗"，那人回答说："不是，为使她少说些话！"

女人胆小，看见一只老鼠而当场昏厥，在外国不算是奇闻。中国女人胆小不至如此，但是一声霹雷使得她拉紧两个老妈子的手而仍战栗不止，倒是确有其事。这并不是做作，并不是故意在男人面前做态，使他有机会挺起胸脯说："不要怕，有我在！"她是真怕。在黑暗中或荒僻处，没有人，她怕；万一有人，她更怕！屠牛宰羊，固然不是女人的事，杀鸡宰鱼，也不是不费手脚。胆小的缘故，大概主要的是体力不济。女人的体温似乎较低一些，有许多女人怕发胖而食无求饱，营养不足，再加上怕臃肿而衣裳单薄，到冬天瑟瑟打战，袜薄如蝉翼，把小腿冻得作"浆米藕"色，两只脚放在被里一夜也暖不过来，双手捧热水袋，从八月捧起，捧到次年五月，还不忍释手。抵抗饥寒之不暇，焉能望其胆大。

女人的聪明，有许多不可及处，一根棉线，一下子就能穿入针孔，然后一下子就能在线的尽头处打上一个结子，然后扯直了线在牙齿上砰砰两声，针尖在头发上擦抹两下，便能开始解决许多在人生中并不算小的苦恼，例如缝上衬衣的扣子，补上袜子的破洞之类。至于几根篾棍，一上一下地编出多少样物事，更是令人叫绝。有学问的女人，创辟"沙龙"，对任何问题能继续谈论至半小时以上，不但不令人入睡，而且令人疑心她是内行。

男 人

男人令人首先感到的印象是脏！当然，男人当中亦不乏刷洗干净洁身自好的，甚至还有油头粉面衣裳楚楚的，但大体讲来，男人消耗肥皂和水的数量要比较少些。某一男校，对于学生洗澡是强迫的，入浴签名，每周计核，对于不曾入浴的初步惩罚是宣布姓名，最后的断然处置是定期强迫入浴，并派员监视，然而日久玩生，签名簿中尚不无浮冒情事。有些男人，西装裤尽管挺直，他的耳后脖根，土壤肥沃，常常宜于种麦！袜子手绢不知随时洗涤，常常日积月累，到处塞藏，等到无可使用时，再从那一堆污垢存货当中拣选比较干净的去应急。有些男人的手绢，拿出来硬像是土灰面制的百果糕，黑糊糊粘成一团，而且内容丰富。男人的一双脚，多半好像是天然的具有泡菜霉干菜再加糖蒜的味道，所谓"濯足万里流"是有道理的，小小的一盆水确是无济于事，然而多少男人却连这一盆水都吝而不用，怕伤元气。两脚既然如此之脏，偏偏有些"逐臭之夫"喜于脚上藏污纳垢之处往复挖掘，然后嗅其手指，引以为乐！多少男人洗脸都是专洗本部，边疆一概不理，洗脸完毕，手背可以不湿，有的男人是在结婚后才开始刷牙。"扪虱而谈"的是男人。还有更甚于此者，曾有人当众搔背，结果是从袖口里面摔出一只老鼠！除了不可挽救的脏相之外，男人的脏大概是由于懒。

对了！男人懒。他可以懒洋洋坐在旋椅上，五官四肢，连同他的脑筋（假如有），一概停止活动，像呆鸟一般："不闻夫博弈者乎……"那段话是专对男人说的。他若是上街买东西，很少时候能令他的妻子满意，他总是不肯多问几家，怕跑腿，怕费话，怕讲价钱。什么事他都嫌麻烦，除了指使别人替他做的事之外，他像残废人一样，对于什么事都愿坐享其成，而名之曰"室家之乐"。他提前养老，至少提前二三十年。

紧毗连着"懒"的是"馋"。男人大概有好胃口的居多。他的嘴，用在吃的方面的时候多，他吃饭时总要在菜碟里发现至少一英寸见方半英寸厚的肉，才能算是没有吃素。几天不见肉，他就喊"嘴里要淡出鸟儿来"！若真个三月不知肉味，怕不要淡出毒蛇猛兽来！有一个人半年没有吃鸡，看见了鸡毛帚就流涎三尺。一餐盛馔之后，他的人生观都能改变，对于什么都乐观起来。一个男人在吃一顿好饭的时候，他脸上的表情硬是在感谢上天待人不薄；他饭后衔着一根牙签，红光满面，硬是觉得可以骄人。主中馈的是女人，修食谱的是男人。

男人多半自私。他的人生观中有一基本认识，即宇宙一切均是为了他的舒适而安排下来的。除了在做事赚钱的时候不得不忍气吞声地向人奴膝婢颜外，他总是要做出一副老爷相。他的家便是他的国度，他在家里称王。他除了为赚钱而吃苦努力外，他是一个"伊比鸠派"，他要享受。他高兴的时候，孩子可以骑在他的颈上，他引颈受骑，他可以像狗似的满地爬；他不高兴时，他看着谁都不顺眼，在外面受了闷气，回到家里来加倍地发作。他不知道女人的苦处。女人对于他的殷勤委曲，在他看来，就如同犬守户、鸡司晨一样的稀松平常，都是自然现象。他说他爱女人，其实他不是爱，是享受女人。他不问他给了别人多少，但是他要在别人身上尽量榨取。他觉得他对女人最大的恩惠，便是把赚来的钱全部或一部拿回家来，但是当他把一卷卷的钞票从衣袋里掏出来的时候，他的脸上的表情是骄傲的成分多，亲爱的成分少，好像是在说："看我！你行么！我这样待你，你多幸运！"他若是感觉到这家不复是他的乐园，他便有多样的借口不回到家里来。他到处云游，他另辟乐园。他有聚餐会，他有酒会，他有桥会，他有书会画会棋会，他有夜会，最不济的还有个茶馆。他的享乐的方法太多。假如轮回之说不假，下世侥幸依然投胎为人，很少男人情愿下世做女人的。他总觉得这一世生为男身，而享受未足，下一世要继续努力。

"群居终日，言不及义"，原是人的通病，但是言谈的内容，却男女有别。女人谈的往往是"我们家的小妹又病了！""你们家每月开销多少？"之类。男人的是另一套，普通的方式，男人的谈话，最后不谈到女人身上便不会散场。这一个题目对男人最有兴味。如果有一个桃色案他们唯恐其和解得太快。他们好议论人家的隐私，好批评别人的妻子的性格相貌。

"长舌男"是到处有的，不知为什么这名词尚不甚流行。

孩 子

兰姆是终身未娶的，他没有孩子，所以他有一篇《未婚者的怨言》收在他的《伊利亚随笔》里。他说孩子没有什么稀奇，等于阴沟里的老鼠一样，到处都有，所以有孩子的人不必在他面前炫耀。他的话无论是怎样中肯，但在骨子里有一点酸——葡萄酸。

我一向不信孩子是未来世界的主人翁，因为我亲见孩子到处在做现在的主人翁。孩子活动的主要范围是家庭，而现代家庭很少不是以孩子为中心的。一夫一妻不能成为家，没有孩子的家像是一株不结果实的树，总缺点什么；必定等到小宝贝呱呱坠地，家庭的柱石才算放稳，男人开始做父亲，女人开始做母亲，大家才算找到各自的岗位。我问过一个并非"神童"的孩子："你妈妈是做什么的？"他说："给我缝衣的。""你爸爸呢？"小宝贝翻翻白眼："爸爸是看报的！"但是他随即更正说："是给我们挣钱的。"孩子的回答全对。爹妈全是在为孩子服务。母亲早晨喝稀饭，买鸡蛋给孩子吃；父亲早晨吃鸡蛋，买鱼肝油精给孩子吃。最好的东西都要呈给孩子，否则，做父母的心里便起惶恐，像是做了什么大逆不道的事一般。孩子的健康及其舒适，成为家庭一切设施的一个主要先决问题。这种风气，自古已然，于今为烈。自有小家庭制以来，孩子的地位顿形提高。以前的"孝子"是孝顺其父母之子，今之所谓"孝子"乃是孝顺其孩子之父母。孩子是一家之主，父母都要孝他！

"孝子"之说，并不偏激。我看见过不少的孩子，鼓噪起来能像一营兵；动起武来能像械斗；吃起东西来能像饿虎扑食；对于尊长宾客有如生番；不如意时撒泼打滚有如羊痫，玩得高兴时能把家具什物狼藉满室，有如惨遭洗劫；……但是"孝子式"的父母则处之泰然，视若无睹，顶多皱起眉头，但皱不过三四秒钟仍复堆下笑容，危及父母的生存和体面的时候，也许要狠心咒骂几声，但那咒骂大部分是哀怨乞怜的性质，其中也许带一点威吓，但那威吓只能得到孩子的讪笑，因为那威吓是向来没有兑现过的。"孟懿子问孝，子曰：'无违。'"今之"孝子"深讳是说。凡是孩子的意志，为父母者宜多方体贴，勿使稍受挫阻。近代儿童教育心理学者又有"发展个性"之说，与"无违"之说正相符合。

体罚之制早已被人唾弃，以其不合儿童心理健康之故。我想起一个外国的故事：

一个母亲带孩子到百货商店。经过玩具部，看见一匹木马，孩子一跃而上，前摇后摆，踌躇满志，再也不肯下来。那木马不是为出售的，是商店的陈设。店员们叫孩子下来，孩子不听；母亲叫他下来，加倍不听；母亲说带他吃冰淇淋去，依然不听；买朱古力糖去，格外不听。任凭许下什么愿，总是还你一个不听；当时演成僵局，顿成胶着状态。最后一位聪明的店员建议说："我们何妨把百货商店特聘的儿童心理学专家请来解围呢？"众谋金同，于是把一位天生成有教授面孔的专家从八层楼请了下来。专家问明原委，轻轻走到孩子身边，附耳低声说了一句话，那孩子便像触电一般，滚鞍落马，牵着母亲的衣裙，仓皇遁去。事后有人问那专家到底对孩子说的是什么话，那专家说："我说的是：'你若不下马，我打碎你的脑壳！'"

这专家真不愧为专家，但是颇有不孝之嫌。这孩子假如平常受惯了不兑现的体罚，威吓，则这专家亦将无所施其技了。约翰逊博士主张不废体罚、他以为体罚的妙处在于直截了当，然而约翰逊博士是18世纪的人，不合时代潮流！

哈代有一首小诗，写孩子初生，大家誉为珍珠宝贝，稍长都夸作玉树临风，长成则为非作歹，终至于陈尸绞架。这老头子未免过于悲观。但是"幼有神童之誉，少怀大志，长而无闻，终乃与草木同朽"——这确是个可以普遍应用的公式。"小时聪明，大时未必了了。"究竟是知言，然而为父母者多属乐观。孩子才能骑木马，父母便幻想他将来指挥十万貔貅时之马上雄姿；孩子才把一曲抗战小歌哼得上口，父母便幻想他将来喉声一啭彩声雷动时的光景；孩子偶然拨动算盘，父母便暗中揣想他将来或能掌握财政大权，同时兼营投机买卖；……这种乐观往往形诸言语，成为炫耀，使旁观者有说不出的感想。曾见一幅漫画：一个孩子跪在他父亲的膝头用他的玩具敲打他父亲的头，父亲眯着眼在笑，那表情像是在宣告："看看！我的孩子！多么活泼，多么可爱！"旁边坐着一位客人咧着大嘴做傻笑状，表示他在看着，而且感觉兴趣，这幅画的标题是："演剧术"。一个客人看着别人家的孩子而能表示感觉兴趣，这真确实需要良好的"演剧术"。兰姆显然是不欢喜演这样的戏。

孩子中之比较最蠢，最懒，最刁，最泼，最丑，最弱，最不讨人欢喜的，往往最得父母的钟爱。此事似颇费解，其实我们应该记得《西游记》中唐僧为什么偏偏欢喜猪八戒。

谚云："树大自直。"意思是说孩子不需管教，小时恣肆些，大了自然会好。可是弯曲的小树，长大是否会直呢？我不敢说。

中　年

钟表上的时针是在慢慢地移动着的，移动得如此之慢，使你几乎不感觉到它的移动，人的年纪也是这样的，一年又一年，总有一天会蓦然一惊，已经到了中年，到这时候大概有两件事使你不能不注意。讣闻不断地来，有些性急的朋友已经先走一步，很煞风景，同时又会忽然觉得一大批一大批的青年小伙子在眼前出现，从前也不知是在什么地方藏着的，如今一齐在你眼前摇晃，磕头碰脑的尽是些昂然阔步满面春风的角色，都像是要去吃喜酒的样子。自己的伙伴一个个的都入蛰了，把世界交给了青年人。所谓"耳畔频闻故人死，眼前但见少年多"，正是一般人中年的写照。

从前杂志背面常有"韦廉士红色补丸"的广告，画着一个憔悴的人，弓着身子，手拊在腰上，旁边注着"图中寓意"四字。那寓意对于青年人是相当深奥的。可是这幅图画却常在一般中年人的脑里涌现，虽然他不一定想吃"红色补丸"，那点寓意他是明白的了。一根黄松的柱子，都有弯曲倾斜的时候，何况是26块碎骨头拼凑成的一条脊椎？年轻人没有不好照镜子的，在店铺的大玻璃窗前照一下都是好的，总觉得大致上还有几分姿色。这顾影自怜的习惯逐渐消失，以至于有一天偶然揽镜，突然发现额上刻了横纹，那线条是显明而有力，像是吴道子的"莼菜描"，心想那是抬头纹，可是低头也还是那样。再一细看头顶上的头发有搬家到腮旁颔下的趋势，而最令人触目惊心的是，鬓角上发现几根白发，这一惊非同小可，平素一毛不拔的人到这时候也不免要狠心地把它拔去，拔毛连茹，头发根上还许带着一颗鲜亮的肉珠。但是没有用，岁月不饶人！

一般的女人到了中年，更着急。哪个年青女子不是饱满丰润得像一颗牛奶葡萄，一弹就破的样子？哪个年青女子不是玲珑矫健得像一只燕子，跳动得那么轻灵？到了中年，全变了。曲线都还存在，但满不是那么回事，该凹入的部分变成了凸出，该凸出的部分变成了凹入，牛奶葡萄要变成为金丝蜜枣，燕子要变鹌鹑。最暴露在外面的是一张脸，从"鱼尾"起皱纹撒出一面网，纵横辐辏，疏而不漏，把脸逐渐织成一幅铁路线最发达的地图，脸上的皱纹已经不是熨斗所能烫得平的，同时也不知怎么在皱纹之外还常常加上那么多的苍蝇屎。所以脂粉不可少。除非粪土之墙，没有不可圬的道理。在原有的一张脸上再罩上一张脸，本是最简便的事。不过在上妆之前下妆之后容易令人联想起《聊斋志异》的那一篇"画皮"而已。女人的肉好像最禁不起地心的吸力，一到中年便一齐松懈下来往下堆摊，成堆的肉挂在脸上，挂在腰边，挂在踝际。听说有许多西洋女子用擀面杖似的一根棒子早晚混身乱搓，希望把浮肿的肉压得结实一点，又有些人干脆忌食脂肪忌食淀粉，扎紧裤带，活生生地把自己"饿"回青春去。有多少效果，我不知道。

别以为人到中年，就算完事。不。譬如登临，人到中年像是攀跻到了最高峰。回头看看，一串串的小伙子正在"头也不回呀汗也不揩"地往上爬。再仔细看看，路上有好多块绊脚石，曾把自己磕碰得鼻青脸肿，有好多处陷阱，使自己做了若干年的井底蛙。回想从前，自己做过扑灯蛾，惹火焚身；自己做过撞窗户纸的苍蝇，一心想奔光明，结果落在粘苍蝇的胶纸上。这种种景象的观察，只有站在最高峰上才有可能。向前看，前面是下坡路，好走得多。

施耐庵《水浒》序云："人生三十未娶，不应再娶；四十未仕，不应再仕。"其实"娶""仕"都是小事，不娶不仕也罢，只是这种说法有点中途弃权的意味。西谚云："人的生活在四十才开始。"好像四十以前，不过是几出配戏，好戏都在后面。我想这与健康有关。吃窝头米糕长大的人，拖到中年就算不易，生命力已经蒸发殆尽，这样的人焉能再娶？何必再仕？服"维他赐保命"都嫌来不及了。我看见过一些得天独厚的男男女女，年轻的时候愣头愣脑的，浓眉大眼，生僵挺硬，像是一些又青又涩的毛桃子，上面还带着挺长的一层毛。他们是未经琢磨过的璞石。可是到了中年，他们变得润泽了，容光焕发，脚底下像是有了弹簧，一看就知道是内容充实的。他们的生活像是在饮窖藏多年的陈酿，浓而芳洌！对于他们，中年没有悲哀。

四十开始生活，不算晚，问题在"生活"二字如何诠释。如果年届不惑，再学习溜冰踢毽子放风筝，"偷闲学少年"，那自然有如秋行春令，有点勉强。半老徐娘，留着"刘海儿"，躲在茅房里穿高跟鞋当作踩高跷般地练习走路，那也是惨事。中年的妙趣，在于相当的认识人生，认识自己，从而做自己所能做的事，享受自己所能享受的生活。科班的童伶宜于唱全本的大武戏，中年的演员才能担得起大出的轴子戏，只因他到中年才能真懂得戏的内容。

老　年

　　时间走得很停匀，说快不快，说慢不慢。不知从什么时候起在宴会中总是有人簇拥着你登上座，你自然明白这是离入祠堂之日已不太远。上下台阶的时候常有人在你肘腋处狠狠地搀扶一把，这是提醒你，你已到达了杖乡杖国的高龄，怕你一跤跌下去，摔成好几截。黄口小儿一晃的工夫就窜高好多，在你眼前跌跌跐跐的跑来跑去，喊着阿公阿婆，这显然是在催你老。

　　其实人之老也，不需人家提示。自己照照镜子，也就应该心里有数。乌溜溜毛氄氄的头发哪里去了？由黑而黄，而灰，而斑，而耄耄然，而稀稀落落，而牛山濯濯，活像一只秃鹫。瓠犀一般的牙齿哪里去了？不是熏得焦黄，就是裂着罅隙，再不就是露出七零八落的豁口。脸上的肉七棱八瓣，而且还平添无数雀斑，有时排列有序如星座，这个像大熊，那个像天蝎，下巴颏儿底下的垂肉变成了空口袋，捏着一揪，两层松皮久久不能恢复原状。两道浓眉之间有毫毛秀出，像是麦芒，又像是兔须。眼睛无端淌泪，有时眼角上还会分泌出一堆堆的桃胶凝聚在那里。总之，老与丑是不可分的。尔雅："黄发、齯齿，鲐背，耇老，寿也。"寿自管寿，丑还是丑。

老的征象还多的是。还没有喝忘川水，就先善忘。文字过目不旋踵就飞到九霄云外，再翻寻有如海底捞针。老友几年不见，觌面说不出他的姓名，只觉得他好生面善。要办事超过三件以上，需要结绳，又怕忘了哪一个结代表哪一桩事，如果笔之于书，又可能忘记备忘录放在何处。大概是脑髓用得太久，难免漫漶，印象当然模糊。目视茫茫，眼镜整天价戴上又摘下，摘下又戴上。两耳聋聩，无以与乎钟鼓之声，倒也罢了，最难堪是人家说东你说西。齿牙动摇，咀嚼的时候像反刍，而且有时候还需要戴围嘴。至于登高腿软，久坐腰酸，睡一夜浑身关节滞涩，而且睁着大眼睛等天亮，种种现象不一而足。

老不必叹，更不必讳。花有开有谢，树有荣有枯。桓温看到他"种柳皆已十围，慨然曰：'木犹如此，人何以堪！'攀枝执条，泫然流泪"。桓公是一个豪迈的人，似乎不该如此。人吃到老，活到老，经过多少狂风暴雨惊涛骇浪，还能双肩承一喙，俯仰天地间，应该算是幸事。荣启期说，"人生有不见日月不免襁褓者"，所以他行年九十，认为是人生一乐。叹也无用，乐也无妨，生、老、病、死，原是一回事。有人讳言老，算起岁数来斤斤计较按外国算法还是按中国算法，好像从中可以讨到一年便宜。更有人老不歇心，怕以皤皤华首见人，偏要染成黑头。半老徐娘，驻颜无术，乃乞灵于整容郎中化装师，隆鼻准，抽脂肪，扫青黛眉，眼眶涂成两个黑窟窿。"物老为妖，人老成精。"人老也就罢了，何苦成精？

　　老年人该做老年事，冬行春令实是不祥。西塞罗说："人无论怎样老，总是以为自己还可以再活一年。"是的，这愿望不算太奢。种种方面的人欠欠人，正好及时做个了结。贤者识其大，不贤者识其小，各有各的算盘，大主意自己拿。最低限度，别自寻烦恼，别碍人事，别讨人嫌。"有人间莎孚克利斯，年老之后还有没有恋爱的事，他回答得好，'上天不准！我好容易逃开了那种事，如逃开凶恶的主人一般。'"这是说，老年人不再追求那花前月下的旖旎风光，并不是说老年人就一定如槁木死灰一般的枯寂。人生如游山。年轻的男男女女携着手儿陟彼高冈，沿途有无限的赏心乐事，兴会淋漓，也可能遇到一些挫沮，歧路趑趄，不过等到日云暮矣，互相扶持着走下山冈，却正别有一番情趣。白居易睡觉诗："老眠早觉常残夜，病力先衰不待年，五欲已销诸念息，世间无境可勾牵。"话是很洒脱，未免凄凉一些。五欲指财、色、名、饮食、睡眠。五欲全销，并非易事，人生总还有可留恋的在。江州司马泪湿青衫之后，不是也还未能忘情于诗酒么？

代 沟

代沟是翻译过来的一个比较新的名词，但这个东西是我们古已有之的。自从人有老少之分，老一代与少一代之间就有一道沟，可能是难以飞渡的深沟天堑，也可能是一步迈过的小溪阴沟，总之是其间有个界限。沟这边的人看沟那边的人不顺眼，沟那边的人看沟这边的人不像话，也许吹胡子瞪眼，也许拍桌子卷袖子，也许口出恶声，也许真个的闹出命案，看双方的气质和修养而定。

《尚书·无逸》："相小人，厥父母勤劳稼穑，厥子乃不知稼穑之艰难，乃逸乃谚既诞。否则侮厥父母曰：'昔之人无闻知'。"这几句话很生动，大概是我们最古的代沟之说的一个例证。大意是说：请看一般小民，做父母的辛苦耕稼，年轻一代不知生活艰难，只知享受放荡，再不就是张口顶撞父母说："你们这些落伍的人，根本不懂事！"活画出一条沟的两边的人对峙的心理。小孩子嘛，总是贪玩。好逸恶劳，人之天性。只有饱尝艰苦的人，才知道以无逸为戒。做父母的人当初也是少不更事的孩子，代代相仍，历史重演。一代留下一沟，像树身上的年轮一般。

虽说一代一沟，腌臜的情形难免，然大体上相安无事。这就是因为有所谓传统者，把人的某一些观念胶着在一套固定的范畴里。"不以规矩不能成方圆"，大家都守规矩，尤其是年轻的一代。"鞋大鞋小，别走了样子！"小的一代自然不免要憋一肚皮委屈，但是，别忙，"多年的媳妇熬成婆，多年的道路走成河"，转眼间黄口小儿变成了鲐背耇老，又轮到自己唉声叹气，抱怨一肚皮不合时宜了。

我记得我小的时候，早起要跟着姊姊哥哥排队到上房给祖父母请安，像早朝一样的肃穆而紧张，在大柜前面两张二人凳上并排坐下，腿短不能触地，往往甩腿，这是犯大忌的，虽然我始终不知是犯了什么忌。祖父母的眼睛瞪得圆圆的，手指着我们的前后摆动的小腿说："怎么，一点样子都没有！"吓得我们的小腿立刻停摆，我的母亲觉得很没有面子，回到房里着实地数落了我们一番。祖孙之间隔着两条沟，心理上的隔阂如何得免？当时我心里纳闷，我甩腿，干卿底事？我10岁的时候，进了陶氏学堂，领到一身体操时穿的白帆布制服，有亮晶的铜纽扣，裤边还镶贴两条红带，现在回想起来有点滑稽，好像是卖仁丹游街宣传的乐队，那时却扬扬自得，满心欢喜地回家，没想到赢得的是一头雾水，"好呀！我还没死，就先穿起孝衣来了！"我触了白色的禁忌。出殡的时候，灵前是有两排穿白衣的"孝男儿"，口里模仿号丧的哇哇叫。此后每逢体操课后回家，先在门洞脱衣，换上长褂，卷起裤筒。稍后，我进了清华，看见有人穿白帆布橡皮底的网球鞋，心羡不已，于是也从天津邮购了一双，但是始终没敢穿了回家。只求平安少生事，莫在代沟之内起风波。

大家庭制度下，公婆儿媳之间的代沟是最鲜明也最凄惨的。儿子自外归来，不能一头扎进闺房，那样做不但公婆瞪眼，所有的人都要竖起眉毛。他一定要先到上房请安，说说笑笑好一大阵，然后公婆（多半是婆）开恩发话，"你回屋里歇歇去吧"，儿子奉旨回到闺闱。媳妇不能随后跟进，还要在公婆面前周旋一下，然后公婆再度开恩，"你也去吧"，媳妇才能走，慢慢地走。如果媳妇正在院里浣洗衣服，儿子过去帮一下忙，到后院井里用柳罐汲取一两桶水，送过去备用，结果也会招致一顿长辈的唾骂："你走开，这不是你做的事。"我记得半个多世纪以前，有一对大家庭中的小夫妻，十分的恩爱，夫暴病死，妻觉得在那样家庭中了无生趣，竟服毒以殉。殡殓后，追悼之日政府颁赠匾额曰："彤管扬芬。"女家致送的白布横披曰："看我门楣！"我们可以听得见代沟的冤魂哭泣，虽然代沟另一边的人还在逞强。

以上说的是六七十年前的事，代沟中有小风波，但没有大泛滥。张公艺九代同居，靠了一百多个忍字。其实九代之间就有八条沟，沟下有沟，一代压一代，那一百多个忍字还不是一面倒，多半由下面一代承当？古有明训，能忍自安。

五四运动实乃一大变局。新一代的人要造反，不再忍了。

有人要"整理国故",管他什么三坟五典八索九丘,都要揪出来重新交付审判。礼教被控吃人,孔家店遭受捣毁的威胁,世世代代留下来的沟要彻底翻腾一下,这下子可把旧一代的人吓坏了。有人提倡读经,有人竭力卫道,但是不是远水不救近火,便是只手难挽狂澜。代沟总崩溃,新一代的人如脱缰之马,一直旁出斜逸奔放驰骤到如今。旧一代的人则按照自然法则一批一批地凋谢,填入时代的沟壑。

代沟虽然永久存在,不过其现象可能随时变化。人生的麻烦事,千端万绪,要言之,不外财色两项。关于钱财,年长的一辈多少有一点吝啬的倾向。吝啬并不一定全是缺点。

"称财多寡而节用之,富无金藏,贫不假贷,谓之啬。积多不能分人,而厚自养,谓之吝。不能分人,又不能自养,谓之爱。"这是《晏子春秋》的说法。所谓爱,就是守财奴。是有人好像是把孔方兄一个个地穿挂在他的肋骨上,取下一个都是血丝糊拉的。英文俚语,勉强拿出一块钱,叫做"咳出一块钱",大概也是表示钱是深藏于肺腑,需要用力咳才能跳出来。年轻一代看了这种情形,老大的不以为然,心里想:"这真是'昔之人,无闻知',有钱不用,害得大家受苦,忘记了'一个钱也带不了棺材里去'。"心里有这样的愤懑蕴积,有时候就要发泄。所以,曾经有一个儿子向父亲要50元零用,其父靳而不予,由冷言恶语而拖拖拉拉,儿子比较身手矫健,一把揪住父亲的领带,(唉,领带真误事)领带越揪越紧,父亲一口气上不来，一翻白眼，死了。这件案子，按理应剐，基于"心神丧失"的理由，没有剐，在代沟的历史里留下一个悲惨的记录。

人到成年，嘤嘤求偶，这时节不但自己着急，家长更是担心，可是所谓代沟出现了，一方面说这是我的事，你少管，另一方面说传宗接代的大事如何能不过问。一个人究竟是姣好还是寝陋，是端庄还是阴鸷，本来难有定评。"看那样子，长头发、牛仔裤，嬉游浪荡、好吃懒做，大概不是善类。""爬山、露营、打球、跳舞，都是青年的娱乐，难道要我们天天匀出工夫来晨昏定省，膝下承欢？"南辕北辙，越说越远。其实"养儿防老"，"我养你小，你养我老"的观念，现代的人大部分早已不再坚持。羽毛既丰，各奔前程，上下两代能保持朋友一般的关系，可疏可密，岁时存问，相待以礼，岂不甚妙？谁也无需剑拔弩张，放任自己，而透过于代沟。沟是死的，人是活的！代沟需要沟通，不能像希腊神话中的亚力山大以利剑砍难解之绳结那样容易的一刀两断，因为人终归是人。

谈友谊

朋友居五伦之末，其实朋友是极重要的一伦。所谓友谊实即人与人之间的一种良好的关系，其中包括了解、欣赏、信任、容忍、牺牲……诸多美德。如果以友谊作基础，则其他的各种关系如父子夫妇兄弟之类均可圆满地建立起来。当然父子兄弟是无可选择的永久关系，夫妇虽有选择余地，但一经结合便以不再仳离为原则，而朋友则是有聚有散可合可分的。不过，说穿了，父子夫妇兄弟都是朋友关系，不过形式性质稍有不同罢了。严格地讲，凡是充分具备一个好朋友的条件的人，他一定也是一个好父亲、好儿子、好丈夫、好妻子、好哥哥、好弟弟。反过来亦然。

我们的古圣先贤对于交友一端是甚为注重的。《论语》里面关于交友的话很多。在西方亦是如此。罗马的西塞罗有一篇著名的《论友谊》，法国的蒙田、英国的培根、美国的爱默生，都有论友谊的文章。我觉得近代的作家在这个题目上似乎不大肯费笔墨了。这是不是叔季之世友谊没落的征象呢？我不敢说。

古之所谓"刎颈交"，陈义过高，非常人所能企及。如

Damon与Pythias，David与Jonathan，怕也只是传说中的美谈罢。就是把友谊的标准降低一些，真正能称得起朋友的还是很难得。试想一想，如有银钱经手的事，你信得过的朋友能有几人？在你蹭蹬失意或疾病患难之中还肯登门拜访乃至雪中送炭的朋友又有几人？你出门在外之际对于你的妻室弱媳肯加照顾而又不照顾得太多者又有几人？再退一步，平素投桃报李，莫逆于心，能维持长久于不坠者，又有几人？总角之交，如无特别利害关系以为维系，恐怕很难在若干年后不变成为路人。富兰克林说："有三个朋友是忠实可靠的——老妻、老狗与现款。"妙的是这三个朋友都不是朋友。倒是亚里士多德的一句话最干脆："我的朋友们啊！世界上根本没有朋友。"这些话近于愤世嫉俗，事实上世界里还是有朋友的，不过虽然无需打着灯笼去找，却是像沙里淘金而且还需要长时间地洗炼。一旦真铸成了友谊，便会金石同坚，永不退转。

　　大抵物以类聚，人以群分。臭味相投，方能永以为好。交朋友也讲究门当户对，纵不必像九品中正那么严格，也自然有个界线。"同学少年多不贱，五陵裘马自轻肥"，于"自轻肥"之余还能对着往日的旧游而不把眼睛移到眉毛上边去么？汉光武容许严子陵把他的大腿压在自己的肚子上，固然是雅量可风，但是严子陵之毅然决然地归隐于富春山，则尤为知趣。朱洪武写信给他的一位朋友说："朱元璋做了皇帝，朱元璋还是朱元璋……"话自管说得很漂亮，看看他后来之诛戮功臣，也就不免令人心悸。人的身心构造原是一样的，但是一入宦途，可能发生突变。孔子说，无友不如己者。我想一来只是指品学而言，二来只是说不要结交比自己坏的，并没有说一定要我们去高攀。友谊需要两造，假如双方都想结交比自己好的，那便永远交不起来。

好像是王尔德说过："一个男人与一个女人之间是不可能有友谊存在的。"就一般而论，这话是对的，因为男女之间如有深厚的友谊？那友谊容易变质，如果不是心心相印，那又算不得是友谊。过犹不及，那分际是难以把握的。忘年交倒是可能的。弥衡年未二十，孔融年已五十，便相交友，这样的例子史不绝书。但似乎是也以同性为限。并且以我所知，忘年交之形成固有赖于兴趣之相近与互相之器赏，但年长的一方面多少需要保持一点童心，年幼的一方面多少需要显着几分老成。老气横秋则令人望而生畏，轻薄儇佻则人且避之若浼。单身的人容易交朋友，因为他的情感无所寄托，漂泊流离之中最需要一个一倾积愫的对象，可是等到他有红袖添香稚子候门的时候，心境便不同了。

"君子之交淡如水"，因为淡所以才能不腻，才能持久。"与朋友交，久而敬之。"敬也就是保持距离，也就是防止过分的亲昵。不过"狎而敬之"是很难的。最要注意的是，友谊不可透支，总要保留几分。Mark Twain说："神圣的友谊之情，其性质是如此的甜蜜、稳定、忠实、持久、可以终身不渝，如果不开口向你借钱。"这真是慨乎言之。朋友本有通财之谊，但这是何等微妙的一件事！世上最难忘的事是借出去的钱，一般认为最倒霉的事又莫过于还钱。一牵涉到钱，恩怨便很难清算得清楚，多少成长中的友谊都被这阿堵物所戕害！

规劝乃是朋友中间应有之义，但是谈何容易。名利场中，沆瀣一气，自己都难以明辨是非，哪有余力规劝别人？而在对方则又良药苦口忠言逆耳，谁又愿意让人批他的逆鳞？规劝不可当着第三者的面前行之，以免伤他的颜面，不可在他情绪不宁时行之，以免逢彼之怒。孔子说："忠告而善道之，不可则止。"我总以为劝善规过是友谊之消极的作用。友谊之乐是积极的。只有神仙与野兽才喜欢孤独，人是要朋友的。"假如一个人独自升天，看见宇宙的大观，群星的美丽，他并不能感到快乐，他必要找到一个人向他述说他所见的奇景，他才能快乐。"共享快乐，比共受患难，应该是更正常的友谊中的趣味。

了生死

　　信佛的人往往要出家。出家所为何来？据说是为了一大事因缘，那就是要"了生死"。在家修行，其终极目的也是要"了生死"。生死是一件事，有生即有死，有死方有生，"了"即是"了断"之意。生死流转，循环不已，是为轮回，人在轮回之中，纵不堕入恶趣，生老病死四苦煎熬亦无乐趣可言。所以信佛的人要了生死，超出轮回，证无生法忍。出家不过是一个手段，习静也不过是一个手段。

　　但是生死果然能够了断么？我常想，生不知所从来，死不知何处去，生非甘心，死非情愿，所谓人生只是生死之间短短的一截。这种看法正是佛家所说"分段苦"。我们所能实际了解的也正是这样。波斯诗人峨谟伽耶姆的四行诗恰好说出了我们的感觉：

　　　　I'm to this universe, and why not knowing,
　　　　Nor whence, like water willy-nilly flounng:
　　　　And out of it, as wind along the waste,
　　　　I know not whither willy-nilly blowing.
　　　　不知为什么，亦不知来自何方，

就来到这世界，像水之不自主地流；

而且离了这世界，不知向哪里去，

像风在原野，不自主地吹。

　　"我来如流水，去如风。"这是诗人对人生的体会。所谓生死，不了断亦自然了断，我们是无能为力的。我们来到这世界，并未经我们同意，我们离开这世界，也将不经我们同意。我们是被动的。

　　人死了之后是不是万事皆空呢？死了之后是不是还有生活呢？死了之后是不是还有轮回呢？我只能说不知道。使哈姆雷特踌躇不决的也正是这一种怀疑。按照佛家的学说，"断灭相"决非正知解。一切的宗教都强调死后的生活，佛教则特别强调轮回。我看世间一切有情，是有一个新陈代谢的法则，是有遗传嬗递的迹象，人恐怕也不是例外，长江后浪推前浪，一代新人代旧人，如是而已。又看佛书记载轮回的故事，大抵荒诞不经，可供谈助，兼资劝世，是否真有其事殆不可考。如果轮回之说尚难证实，则所谓了生死之说也只是可望不可即的一个理想了。

　　我承认佛家了生死之说是一崇高理想。为了希望达到这个理想，佛教徒制定许多戒律，所谓根本五戒，沙弥十戒，比丘二百五十戒，这还都是所谓"事戒"，菩萨十重四十八轻戒之"性戒"尚不在内。这些戒律都是要我们在此生此世来身体力行的。能彻底实行戒律的人方有希望达到"外息诸缘，内心无喘"的境界。只有切实地克制情欲，方能逐渐地做到"隋枯智讫"的功夫。所有的宗教无不强调克己的修养，斩断情根，裂破俗网，然后才能湛然寂静，明心见性。就是佛教所斥为外道的种种苦行，也无非是戒的意思，不过做得过分了些。中古基督教也有许多不近人情的苦修方法。凡是宗教都是要人收敛内心截除欲念。就是伦理的哲学家，也无不倡导多多少少的克己的苦行。折磨肉体，以解放心灵，这道理是可以理解的。但是以爱根为生死之源，而且自无始以来因积业而生死流转，非斩断爱根无以了生死，这一番道理便比较地难以实证了。此生此世持戒，此生此世受福，死后如何，来世如何，便渺茫难言了。我对于在家修行的和出家修行的人们有无上的敬意。由于他们的参禅看教，福慧双修，我不怀疑他们有在此生此世证无生法忍的可能，但是离开此生此世之后是否即能往生净土，我很怀疑。这净土，像其他的被人描写过的天堂一样，未必存在。如果它是存在，只是存在于我们的心里。

西方斯多亚派哲学家所谓个人的灵魂于死后重复融合到宇宙的灵魂里去，其种种信念也无非是要人于临死之际不生恐惧，那说法虽然简陋，却是不落言筌。蒙田说："学习哲学即是学习如何去死。"如果了生死即是了解生死之谜，从而获致大智大勇，心地光明，无所恐惧，我相信那是可以办到的。所以在我的心目中，宗教家乃是最富理想而又最重实践的哲学家。至于了断生死之说，则我自惭劣钝，目前只能存疑。

谈时间

希腊哲学家Diogenes经常睡在一只瓦缸里，有一天亚力山大皇帝走去看他，以皇帝的惯用的口吻问他："你对我有什么请求吗？"这位玩世不恭的哲人翻了翻白眼，答道："我请求你走开一点，不要遮住我的阳光。"

这个家喻户晓的小故事，究竟含义何在，恐怕见仁见智，各有不同的看法。我们通常总是觉得那位哲人视尊荣犹敝屣，富贵如浮云，虽然皇帝驾到，殊无异于等闲之辈，不但对他无所希冀，而且亦不必特别的假以颜色。可是约翰逊博士另有一种看法，他认为应该注意的是那阳光，阳光不是皇帝所能赐予的，所以请求他不要把他所不能赐予的夺了去。这个请求不能算奢，却是用意深刻。因此约翰逊博士由"光阴"悟到"时间"，时间也者虽然也是极为宝贵，而也是常常被人劫夺的。

"人生不满百"，大致是不错的。当然，老而不死的人，不是没有，不过期颐以上不是一般人所敢想望的。数十寒暑当中，睡眠去了很大一部分。苏东坡所谓"睡眠去其半"，稍嫌有点夸张，大约三分之一左右总是有的。童蒙一段时期，说它是天真未凿也好，说它是昏昧无知也好，反正是浑浑噩噩，不知不觉；及至寿登耄耋，老悖聋瞆，甚至"佳丽当前，未能缱绻"，比死人多一口气，也没有多少生趣可言。掐头去尾，人生所余无几。就是这短暂的一生，时间亦不见得能由我们自己支配。约翰逊博士所抱怨的那些不速之客，动辄登门拜访，不管你正在怎样忙碌，他觉得宾至如归，这种情形固然令人啼笑皆非，我觉得究竟不能算是怎样严重的"时间之贼"。他只是在我们的有限的资本上抽取一点捐税而已。我们的时间之大宗的消耗，怕还是要由我们自己负责。

有人说："时间即生命。"也有人说："时间即金钱。"二说均是，因为有人根本认为金钱即生命。不过细想一下，有命斯有财，命之不存，财于何有？有钱不要命者，固然实繁有徒，但是舍财不舍命，仍然是较聪明的办法。所以淮南子说："圣人不贵尺之璧而重寸之阴，时难得而易失也。"我们幼时，谁没有做过"惜阴说"之类的课艺？可是谁又能趁早体会到时间之"难得而易失"？我小的时候，家里请了一位教师，书房桌上有一座钟，我和我的姊姊常乘教师不注意的时候把时针往前拨快半个钟头，以便提早放学，后来被老师觉察了，他用朱笔在窗户纸上的太阳阴影划一痕记，作为放学的时刻，这才息了逃学的念头。

时光不断地在流转，任谁也不能攀住它停留片刻。"逝者如斯夫，不舍昼夜！"我们每天撕一张日历，日历越来越薄，快要撕完的时候便不免矍然以惊，惊的是又临岁晚，假使我们把几十册日历装为合订本，那便象征我们的全部的生命，我们一页一页地往下扯，该是什么样的滋味呢？"冬天一到，春天还会远吗？"可是你一共能看见几次冬尽春来呢？

不可挽住的就让它去罢！问题在，我们所能掌握的尚未逝去的时间，如何去打发它。梁任公先生最恶闻"消遣"二字，只有活得不耐烦的人才忍心地去"杀时间"。他认为一个人要做的事太多，时间根本不够用，哪里还有时间可供消遣？不过打发时间的方法，亦人各不同，士各有志。乾隆皇帝下江南，看见运河上舟楫往来，熙熙攘攘，顾问左右："他们都在忙些什么？"和珅侍卫在侧，脱口而出："无非名利二字。"这答案相当正确，我们不可以人废言。不过三代以下唯恐其不好名，大概名利二字当中还是利的成分大些。"人为财死，鸟为食亡。"时间即金钱之说仍属不诬。诗人华兹华斯有句：

尘世耗用我们的时间太多了，夙兴夜寐，

赚钱挥霍，把我们的精力都浪费掉了。

所以有人宁可遁迹山林，享受那清风明月，"侣鱼虾而友麇鹿"，过那高蹈隐逸的生活。诗人济慈宁愿长时间地守着一株花，看那花苞徐徐展瓣，以为那是人间至乐。嵇康在大树底下扬槌打铁，"浊酒一杯，弹琴一曲"；刘伶"止则操卮执瓠，动则挈榼提壶"，一生中无思无虑其乐陶陶。这又是一种颇不寻常的方式。最彻底的超然的例子是《传灯录》所记载的："南泉和尚问陆亘曰：'大夫十二时中作么生？'陆云：'寸丝不挂！'"寸丝不挂即是了无挂碍之谓，"原来无一物，何处染尘埃？"这境界高超极了，可以说是"以天地为一朝，万期为须臾"，根本不发生什么时间问题。

　　人，诚如波斯诗人莪谟伽耶玛所说，来不知从何处来，去不知向何处去，来时并非本愿，去时亦未征得同意，糊里糊涂地在世间逗留一段时间。在此期间内，我们是以心为形役呢？还是立德立功立言以求不朽呢？还是参究生死直超三界呢？这大主意需要自己拿。

时间即生命

最令人触目惊心的一件事，是看着钟表上的秒针一下一下地移动，每移动一下就是表示我们的寿命已经缩短了一部分。再看看墙上挂着的可以一张张撕下的日历，每天撕下一张就是表示我们的寿命又缩短了一天。因为时间即生命。没有人不爱惜他的生命，但很少人珍视他的时间。如果想在有生之年做一点什么事，学一点什么学问，充实自己，帮助别人，使生命成为有意义，不虚此生，那么就不可浪费光阴。这道理人人都懂，可是很少人真能积极不懈地善为利用他的时间。

我自己就是浪费了很多时间的一个人。我不打麻将，我不经常地听戏看电影，几年中难得一次，我不长时间看电视，通常只看半个小时，我也不串门子闲聊天。有人问我："那么你大部分时间都做了些什么呢？"我痛自反省，我发现，除了职务上的必须及人情上所不能免的活动之外，我的时间大部分都浪费了。我应该集中精力，读我所未读过的书，我应该利用所有时间，写我所要写的东西。但是我没能这样做。我的好多的时间都糊里糊涂地混过去了，"少壮不努力，老大徒伤悲。"

例如我翻译莎士比亚，本来计划于课余之暇每年翻译两部，20年即可完成，但是我用了30年，主要的原因是懒。翻译之所以完成，主要的是因为活得相当长久，十分惊险。翻译完成之后，虽然仍有工作计划，但体力渐衰，有力不从心之感。假使年轻的时候鞭策自己，如今当有较好或较多的表现。然而悔之晚矣。

再例如，作为一个中国人，经书不可不读。我年过三十才知道读书自修的重要。我披阅，我圈点，但是恒心不足，时作时辍。五十以学易，可以无大过矣，我如今年过八十，还没有接触过易经，说来惭愧。史书也很重要。我出国留学的时候，我父亲买了一套同文石印的前四史，塞满了我的行箧的一半空间，我在外国混了几年之后又把前四史原封带回来了。直到40年后才鼓起勇气读了"通鉴"一遍。现在我要读的书太多，深感时间有限。

无论做什么事，健康的身体是基本条件。我在学校读书的时候，有所谓"强迫运动"，我踢破过几双球鞋，打断过几只球拍。因此侥幸维持下来最低限度的体力。老来打过几年太极拳，目前则以散步活动筋骨而已。寄语年轻朋友，千万要持之以恒的从事运动，这不是嬉戏，不是浪费时间。健康的身体是作人做事的真正的本钱。

诗　人

　　有人说："在历史里一个诗人似乎是神圣的，但是一个诗人在隔壁便是个笑话。"这话不错。看看古代诗人画像，一个个的都是宽衣博带，飘飘欲仙，好像不食人间烟火的样子。"辋川图"里的人物，弈棋饮酒，投壶流觞，一个个的都是儒冠羽衣，意态萧然，我们只觉得摩诘当年，千古风流，而他在苦吟时堕入醋瓮里的那副尴尬相，并没有人给他写画流传。我们凭吊浣花溪畔的工部草堂，遥想杜陵野老典衣易酒卜居茅茨之状，吟哦沧浪，主管风骚，而他在耒阳狂啖牛炙白酒胀饫而死的景象，却不雅观。我们对于死人，照例是隐恶扬善，何况是古代诗人，篇章遗传，好像是痰唾珠玑，纵然有些小小乖僻，自当加以美化，更可资为谈助。王摩诘堕入醋瓮，是他自己的醋瓮，不是我们家的水缸，杜工部旅中困顿，累的是耒阳知县，不是向我家叨扰。一般人读诗，犹如观剧，只是在前台欣赏，并无须侧身后台打听优伶身世，即使剌听得多少奇闻轶事，也只合作梨园掌故而已。

　　假如一个诗人住在隔壁，便不同了。虽然几乎家家门口都写着"诗书继世长"，懂得诗的人并不多。如果我是一个名利中人，而隔壁住着一个诗人，他的大作永远不会给我看，我看了也必以为不值一文钱，他会给我以白眼，我看看他一定也不顺眼。诗人没有常光顾理发店的，他的头发作飞蓬状，作狮子狗状，作艺术家状。他如果是穿中装的，一定像是算命瞎子，两脚泥；他如果是穿西装的，一定是像卖毛毯子的白俄，一身灰。他游手好闲，他白昼做梦，他无病呻吟，他有时深居简出，闭门谢客，他有时终年流浪，到处为家，他哭笑无常，他饮食无度，他有时贫无立锥，他有时挥金似土。如果是个女诗人，她口里可以衔支大雪茄；如果是男的，他向各形各色的女人去膜拜。他喜欢烟、酒、小孩、花草、小动物——他看见一只老鼠可以作一首诗，他在胸口上摸出一只虱子也会作成一首诗。他的生活习惯有许多与人不同的地方。有一个人告诉我，他曾和一个诗人比邻，有一次同出远游，诗人未带牙刷，据云留在家里为太太使用，问之曰："你们原来共用一把么？"诗人大惊曰："难道你们是各用一把么？"

诗人住在隔壁，是个怪物，走在街上尤易引起误会。伯朗宁有一首诗《当代人对诗人的观感》，描写一个西班牙的诗人性好观察社会人生，以致被人误认为是一个特务，这是何等的讥讽！他穿的是一身破旧的黑衣服，手杖敲着地，后面跟着一条秃瞎老狗，看着鞋匠修理皮鞋，看人切柠檬片放在饮料里，看焙咖啡的火盆，用半只眼睛看书摊，谁虐打牲畜谁咒骂女人都逃不了他的注意——所以他大概是个特务，把观察所得呈报国王。看他那个模样儿，上了点年纪，那两道眉毛，亏他的眼睛在下面住着！鼻子的形状和颜色都像鹰爪。某甲遇难，某乙失踪，某丙得到他的情妇——还不都是他干下的事？他费这样大的心机，也不知得多少报酬。大家都说他回家用晚膳的时候，灯火辉煌，墙上挂着四张名画，20名裸体女人给他捧盘换盏。其实，这可怜的人过的乃是另一种生活，他就住在桥边第三家，新油刷的一幢房子，全街的人都可以看见他交叉着腿，把脚放在狗背上，和他的女仆在打纸牌，吃的是烙饼水果，十点钟就上床睡了，他死的时候还穿着那件破大衣，没膝的泥，吃的是面包壳，脏得像一条熏鱼！

这位西班牙的诗人还算是幸运的，被人当作特务，在另一个国度里，这样一个形迹可疑的诗人可能成为特务的对象。

变戏法的总要念几句咒，故弄玄虚，增加他的神秘，诗人也不免几分江湖气，不是谪仙，就是鬼才，再不就是梦笔生花，总有几分阴阳怪气。外国诗人更厉害，作诗时能直接地祷求神助，好像是仙灵附体的样子。

"一颗沙里看出一个世界，
一朵野花里看出一个天堂，
把无限抓在你的手掌里，
把永恒放进一刹那的时光。"

若是没有一点慧根的人，能说出这样的鬼话么？你不懂？你是蠢材！你说你懂，你便可跻身于风雅之林，你究竟懂不懂，天知道。

大概每个人都曾经有过做诗人的一段经验。在"怨黄莺儿作对，怪粉蝶儿成双"的时节，看花谢也心惊，听猫叫也难过，诗就会来了，如枝头舒叶那么自然。但是入世稍深，渐渐煎熬成为一颗"煮硬了的蛋"，散文从门口进来，诗从窗口出去了。"嘴唇在不能亲吻的时候才肯唱歌。"一个人如果达到相当年龄，还不失赤子之心，经风吹雨打，方寸间还能诗意盎然，他是得天独厚，他是诗人。

诗不能卖钱。一首新诗，如拈断数茎须即能脱稿，那成本还是轻的，怕的是像牡蛎肚里的一颗明珠，那本是一块病，经过多久的滋润涵养才能磨炼孕育成功，写出来到哪里去找顾主？诗不能给富人客厅里摆设作装潢，诗不能给广大的读者以娱乐。富人要的是字画珍玩，大众要的是小说戏剧。诗，短短一截，充篇幅都不中用。诗是这样无用的东西，所以以诗为业的诗人，如果住在你的隔壁，自然是个笑话。将来在历史上能否成为神圣，也很渺茫。

好　汉

　　从前北平每逢囚犯执行死刑之前，照例游街示众，囚犯五花大绑，端坐大敞车上，背上插着纸标，左右前后都有土兵簇拥，或捧大令，或持大刀，招摇过市，直赴刑场。刑场早先在珠市口，到了民国改在天桥。沿途有游手好闲的人一大群。尾随着囚车到天桥去看热闹。押着死囚去就戮，这一行叫做："出大差"，又称"出红差"。

　　我从未去过天桥，可是在路上遇见过出大差的场面。囚犯面色如土，一副股栗心悸的样子，委实令人看了心伤，不过我们也只能报以一声叹息。有些囚犯，犯了滔天大罪，而犹强项到底，至死不悔，对着群众大吼大叫："这算不了什么，过20年又是一条好汉！大家给我捧个场吧！"于是群众就轰然地齐声报以"好"！囚犯脸上微微露出一抹苦笑。他以好汉自命，还想下一辈子投生为人，再度做违法乱纪的勾当，再充好汉。群众报以一声好，隐隐含着一点同情的意思。好像是颇近于匪徒杀人伏法之后还有人致送"宁死不屈""天妒英才"之类的挽幛一般。

　　一般的说法，仗义任侠的人才算是好汉。《水浒传》

二十一回："江湖上久闻他是个及时雨宋公明——是个天下闻名的好汉。"宋江算不算得好汉，似乎值得研讨。说他及其一伙是江湖上的好汉，大致是不错的。他在浔阳楼上醉后题反诗：有什么"他年若遂凌云志，敢笑黄巢不丈夫"之句，口气好大，就不仅是仗义任侠，他想造反，并且想要和黄巢较量一下杀人的纪录。造反不一定就是错，"官逼民反"的时候多半错在官。造反而能有宗旨，有计划，有气度，若是成功便是王侯，败就是贼。如果仅是激于义愤，杀人放火，不择手段，不计后果，虽然打着"替天行道"的幌子，最多只能算是江湖上的好汉。然而江湖好汉亦不易为，盗亦有道，好汉也有他一套的规律。宋江自有他不可及处。至少他个人不大贪财。弄到大笔财物之后大家分，他并不独吞，所以不发生分赃不均或黑吃黑的情事。大块肉、大碗酒，大家平起平坐，谁也没有贵宾卡。

英国有一套传统的有关罗宾汉的歌谣。据说罗宾汉是个亡命徒，精于射箭，藏身在森林之中，神出鬼没，玩弄警长于股掌之上，但是他有义气，他劫富济贫，他保护妇孺，有些像是我们所熟悉的江湖好汉。但是这一伙强人并无大志，一味地乐天放肆，和官府豪富作对，吐一口胸中闷气而已。有人说罗宾汉根本无其人，是好事者诌出来的故事，但是也有人说确有其人，本来是亨丁顿伯爵，化名为罗宾汉，据说他被人陷害之后，墓地还有一块石碑，写明死期是1246年12月24日。无论如何，罗宾汉算是好汉。

我国古时有较为高级而且正派的好汉。旧唐书卷89《狄仁杰传》，有这样一段：

> 则天尝问仁杰曰："朕要一好汉任使，有乎？"
>
> 仁杰曰："陛下作何任使？"
>
> 则天曰："朕欲待以将相。"
>
> 对曰："臣料陛下若求文章资历，则今之宰臣李峤苏味道亦足为文吏矣。岂非文士龌龊，思得奇才，用之以成天下之务者乎？"
>
> 则天悦曰："此朕心也。"
>
> 仁杰曰："荆州长史张柬之，其人虽老，真宰相才也。且久不遇。若用之。必尽节于国家矣。"
>
> 则天……后竟召为相。柬之果能复兴中宗……

武则天虽然有些地方不理于人口，但是她知人善任，她想求一好汉任使，使为将相，而且她肯听狄仁杰的话！能"成天下之务"的奇才，才算是好汉。这种好汉不但志节高超，远在任侠使气的好汉之上，亦非器量局狭拘于小节的"龌龊"文士所能望其项背。但是这种好汉也要风云际会才能有所作为。

我们现在心目中的好汉，其标准不太高。俗语说："好汉不怕出身低。"这句话有多方面的暗示，其中之一是挑筐卖菜者流只要勤俭奋发，有朝一日，也可能会跻身于豪富之列。如果他长袖善舞，广为结纳，也可成为翻云覆雨炙手可热的好汉。凡是能屈能伸，欺软怕硬，顺风转舵、蝇营狗苟的人，此人也常目之为好汉，因为"好汉不吃眼前亏"。时来运转，好汉也有惨遭挫败的时候，他就该闭关却扫，往日的荣华不必再提，因为"好汉不提当年勇"，如果觉得斤斗栽得冤枉，也不必推诿抱怨，因为"好汉打落牙，和血吞"。好汉固当如是。无论就哪一个层面上讲，好汉应该是特立独行敢做敢当的顶天立地的一条好汉。"富贵不能淫，贫贱不能移，威武不能屈。"

玛克斯·奥瑞利阿斯

——一位罗马皇帝同时是一位苦修哲学家

20年前偶然在一本《读者文摘》上看到一段补白："每日清晨对你自己说：我将要遇到好管闲事的人，忘恩负义的人，狂妄无礼的人，欺骗的人，嫉妒的人，骄傲的人。他们所以如此，乃是因为他们不能分辨善与恶。"这几句话很使我感动，这是引自玛克斯·奥瑞利阿斯的《沉思录》。这一位1800多年前的罗马皇帝与哲人，至今仍存在于许多人心里，就是因为他这一部《沉思录》含有许多深刻的教训，虽不一定是字字珠玑，大部分却是可以发人深省。英国批评家阿诺德写过一篇评论，介绍这一位哲人的思想，收在他的批评文集里，语焉不详，难窥全貌。我最近才得机会读其全书，并且适译一遍，衷心喜悦之余，愿为简单介绍。

玛克斯·奥瑞利阿斯（Marcus Aurelius）生于西历纪元121年，卒于180年，是罗马贵族。父、祖父俱为显宦。他受过良好的教育，主要的是斯托亚派（Stoic）哲学，自幼即学习着过一种简单朴素的生活，习惯于吃苦耐劳，锻炼筋骨。他体质夙弱,但勇气过人,狩猎时擒杀野猪毫无惧色,但对于骄侈逸荡之事则避之惟恐若浼。当时罗马最时髦的娱乐是赛车竞技,每逢竞赛之日,朝野轰动,甚至观众激动,各依好恶演成门户,因仇恨而厮杀打斗。对于此种放肆过分之行为玛克斯独不以为然。他轻易不到竞技场去,有时为环境所迫不能免俗,他往往借故对于竞技不加正视,因此而备受讥评。

玛克斯于40岁时即帝位。内忧外患相继而来,战云首先起自东方,北方边境亦复不靖,罗马本土亦遭洪水泛滥,疫疠饥馑,民穷财尽,局势日非。玛克斯出售私人所藏珠宝,筹款赈灾。其对外作战最能彪炳史册的一役是174年与Quadi族作战时几濒于危,赖雷雨大作而使敌人惊散转败为胜,史称其军为"雷霆军团"。后东部总督误信玛克斯病死之讯叛变称帝,玛克斯不欲引起内战,表示愿逊位以谢,叛军因是纷纷倒戈,叛军领袖被刺死。玛克斯巡抚东方,叛军献领袖头颅,玛克斯怒,不予接受,并拒见其使者,说:"我甚遗憾竟无宽恕他的机会。"赦免其遗族不究。宽宏大量,有如是者。屡次亲征,所向皆克,体力已不能支,180年逝于多瑙河之滨,享年59岁。

作为一个军人,玛克斯是干练的,武功赫赫,可为佐证。作为一个政治家,玛克斯是实际的。他虽然醉心于哲学,并不怀有任何改造世界的雄图,他承先人余烈,尽力守成,防止腐化。在统治期间权力稍过于集中,但为政力求持平,用法律保护弱者，改善奴隶生活，蔼然仁者之所用心。在他任内，普建慈善机关，救护灾苦民众，深得人民爱戴。论者尝以压迫基督教一事短之，其实此乃不容讳言之事，在那一时代，以他的地位，压迫异教是正常事，正无须曲予解脱。

《沉思录》（*Meditations*）是玛克斯的一部札记，分为 12卷，共487则，除了第一卷像是有计划地后添上去的之外，都没有系统，而且重复不少，有的很简单只占一两行，有的多至数十行。原来这部书本不是为了出版给人看的，这是作者和他自己心灵的谈话的记录，也是作者"每日三省吾身"的记录，所以其内容深刻而诚恳，这部书怎样流传下来的已不甚可考，现只存有抄本数种。不过译本很多，曾译成拉丁文、英文、法文、意大利文、德文、西班牙文、挪威文、俄文、捷克文、波兰文、波斯文等。在英国一处，17世纪刊行26种版本，18世纪58种，19世纪81种，20世纪截至 1908年已有30种。这部书可以说是对全世界有巨大影响的少数几部书之一，可以称得起是爱默生所谓的"世界的书"。

玛克斯的《沉思录》是古罗马斯托亚派哲学最后一部重要典籍。斯托亚派哲学的始祖是希腊的季诺，大概是生存于纪元前350年至纪元前250年之际。他生于塞普洛斯岛，此岛位于东西交通线上，也可说是一个东西文化的接触点。东方的热情，西方的理智，无形中汇集于他一身。他在雅典市场的画廊（stoa）设帐教学，故称为斯托亚派哲学之鼻祖。Seneca、

Epictetus与玛克斯是这一派哲学最杰出的三个人，这一派哲学特别适合于罗马人的性格，因为罗马人是特别注重实践的，而且性格坚强，崇尚理性。斯托亚派的基本的宇宙观是唯物主义加上泛神论，与柏拉图之以理性概念为唯一的真实存在的看法正相反。斯托亚派哲学家认为只有物质的事物才是真实的存在，但是在物质的宇宙之中遍存着一股精神力量，此力量以不同形式而出现，如火，如气，如精神，如灵魂，如理性，如主宰一切的法则，皆是。宇宙是神，人民所崇拜的神祇只是神的显示。神话传说皆是寓言。人的灵魂也是从神那里放射出来的，而且早晚还要回到那里去。主宰一切的原则即是使一切事物为了全体的利益而合作。人的至善的理想即是有意识地为了共同利益而与天神合作。除了上述的基本形而上学之外，玛克斯最感兴趣的是伦理观念。时至今日，他的那样粗浅的古老的形而上学是很难令人折服的，但是他的伦理观念却有很大部分依然非常清新而且可以接受。据他看，人生最高理想即是按照宇宙自然之道去生活。所谓"自然"，不是任性放肆之谓，而是上面所说的"宇宙自然"。人生中除了美德便无所谓善，除了罪恶之外便无所谓恶。所谓美德，主要有四：一是智慧，所以辨善恶；二是公道，以便应付人事悉合分际；三是敢勇，借以终止苦痛；四是节制，不为物欲所役。外界之事物，如健康与疾病，财富与贫穷，快乐与苦痛，全是些无关轻重之事，全是些供人发挥美德的场合。凡事有属于吾人能力控制范围之内者，有属于吾人不能加以控制者，例如爱憎之类即属于前者，富贵尊荣即属于后者。总之，在可能范围之内须要克制自己。人是宇宙的一部分，所以对宇宙整体负有义务，应随时不忘自己的本分，致力于整体的利益。有时自杀也是正当的，如果生存下去无法尽到作人的责任。

玛克斯并不曾努力建立哲学体系，所以在《沉思录》里我们也不能寻得一套完整的哲学。但是其中的警句极多，可供我们玩味。例如关于生死问题，玛克斯反复叮咛，要我们有一正确的观念。他说：

"你的每一桩行为，每一句话，每一个念头，都要像是一个立刻就要离开人生的人所发出来的。"

"莫以为你还有一万年可活。你的命在须臾了。趁你还在活着，还来得及，要好好作人。"

"全都是朝生暮死的，记忆者与被记忆者都是一样。"

"你的命在须臾，不久便要烧成灰，或者几根骨头，也许只剩下一个名字，也许连名字都留不下来。"

"不要蔑视死，要欢迎它，因为这是自然之道所决定的事物之一。"

"对于视及时而死为乐事的人，死不能带来任何恐怖。他服从理性作事，多作一点，或少作一点，对于他是一样的。这世界多看几天或少看几天，也没有关系。"

玛克斯经常谈到死。他甚至教人不但别怕死，而且欢迎死，他慰藉人的方法之一是教人想想这世界之可留恋处是如何的少。一切宗教皆以"了生死"为一大事。在罗马，宗教是非常简陋而世俗的，人们有所祈求则陈设牺牲匍匐祷祝，神喜则降福，神怒则为祸殃。真正的宗教信仰与热情，应求之于哲学。玛克斯的哲学的一部分实在即是宗教。他教人对死坦然视之，这是自然之道。凡是自然的皆是对的。"我按照自然之道进行，等到有一天我便要倒下去作长久的休息，把最后的一口气吐向我天天所从吸气的空中去，倒在父亲所从获得谷类，母亲所从获得血液，乳妈所从获得乳汁的大地上……"这说得多么自然，多么肃穆，多么雍容！

人在没有死以前是要努力作人的。人是要去作的。作人的道理在于克己。早晨是否黎明即起，是否贪睡懒觉，事情虽小，其意义所关甚巨。这是每天生活斗争中之第一个回合。玛克斯说："在天亮的时候，如果你懒得起床，要随时作如是想：'我要起来，去作一个人的工作。'我生来即是为做那工作的，我来到世间就是为做那工作的，那么现在就去做又有何可怨的呢？我是为了这工作而生的，应该蜷卧在被窝里取暖吗？'被窝里较为舒适呀！'那么你是生来为了享乐的吗？"玛克斯的卧房极冷，两手几乎不敢伸出被外，但是他清晨三点或五点即起身，玛克斯要人克制自己，但并不主张对人冷酷，相反的，他对人类有深厚的爱，他主张爱人、合作。他最不赞成发怒，他说："脸上的怒容是极其不自然的，怒容若是常常出现，则一切的美便立刻消失，其结果是美貌全灭而不可复燃。"他主张宽恕。他说："别人的错误行为应该由他自己去处理。""如果他作错事，是他作孽。也许他没有作错呢？""你因为一个人的无耻而愤怒的时候，要这样的问你自己：'那个无耻的人能不在这世界存在么？'那是不能的，不可能的事不必要求。""别人的错误行为使得你震惊么？回想一下你自己有无同样的错误。""你如果对任何事情迁怒，那是你忘了这一点，一切事物都是按照宇宙自然之道而发生的；一个人的错误行为不干你的事；还有，一切发生之事，过去如此，将来亦如此，目前到处亦皆如此。"

　　玛克斯克己苦修，但不赞同退隐。他关心的乃是如何作与公共利益相符合的事，他的生活态度是积极入世的。修养在于内心，与环境没有多大关系。他说："一般人隐居在乡间，在海边，在山上，你也曾最向往这样的生活。但这乃是最为庸俗的事，因为你随时可以退隐到你自己心里去。一个人不能找到一个去处比他自己的灵魂更为清静——尤其是如果他心中自有丘壑，只消凝神一顾，立刻便可获得宁静。"还真是得道之语。他又说："过一种独居自返的生活。理性的特征便是面对自己的正当行为及其所产生的宁静和平而怡然自得。"这就是"明心见性"之谓。玛克斯和我们隔有18个世纪之久，但是因为他的诚挚严肃的呼声，开卷辄觉其音容宛在栩栩如生。法国大儒Renan在1881年说："我们人人心中为玛克斯·奥瑞利阿斯之死而悲戚，好像他是昨天才死一般。"一个苦修的哲学家是一个最可爱的人，至于他曾经作为皇帝一事，那倒无关重要了。

第二辑

生活中的人

充满良好习惯的生活，才是
合于"自然"的生活。

谈话的艺术

一个人在谈话中可以采取三种不同的方式，一是独白，一是静听，一是互话。

谈话不是演说，更不是训话，所以一个人不可以霸占所有的时间，不可以长篇大论地絮聒不休，旁若无人。有些人大概是口部筋肉特别发达，一开口便不能自休，绝不容许别人插嘴，话如连珠，音容并茂。他讲一件事能从盘古开天地讲起，慢慢地进入本题，亦能枝节横生，终于忘记本题是什么。这样霸道的谈话者，如果他言谈之中确有内容，所谓"吐佳言如锯木屑，霏霏不绝"，亦不难觅取听众。在英国文人中，约翰逊博士是一个著名的例子。在啡咖店里，他一开口，老鼠都不敢叫。那个结结巴巴的高尔斯密一插嘴便触霉头。Sir Oracle在说话，谁敢出声？约翰逊之所以被称为当时文艺界的独裁者，良有以也。学问风趣不及约翰逊者，必定是比较的语言无味，如果喋喋不已，如何令人耐得。

有人也许是以为嘴只管吃饭而不作别用，对人乃钳口结舌，一言不发。这样的人也是谈话中所不可或缺的，因为谈话，和演戏一样，是需要听众的，这样的人正是理想的听众。

欧洲中古时代的一个严肃的教派Carthusian monks以不说话为苦修精进的法门之一，整年的不说一句话，实在不易。那究竟是方外人，另当别论，我们平常人中却也有人真能寡言。他效法金人之三缄其口，他的背上应有铭曰："今之慎言人也。"你对他讲话，他洗耳恭听，你问他一句话，他能用最经济的词句把你打发掉。如果你恰好也是"毋多言，多言多败"的信仰者，相对不交一言，那便只好共听壁上挂钟之滴答滴答了。钟会之与嵇康，则由打铁的叮当声来破除两人间之岑寂。这样的人现代也有，相对无言，莫逆于心，吧嗒吧嗒地抽完一包香烟，兴尽而散。无论如何，老于世故的人总是劝人多听少说，以耳代口，凡是不大开口的人总是令人莫测高深；口边若无遮拦，则容易令人一眼望到底。

谈话，和作文一样，有主题，有腹稿，有层次，有头尾，不可语无伦次。写文章肯用心的人就不太多，谈话而知道剪裁的就更少了。写文章讲究开门见山，起笔最要紧，要来得挺拔而突兀，或是非常爽朗，总之要引人入胜，不同凡响。谈话亦然。开口便谈天气好坏，当然亦不失为一种寒暄之道，究竟缺乏风趣。常见有客来访，宾主落座，客人徐徐开言："您没有出门啊？"主人除了重申"我没有出门"这一事实之外没有法子再作其他的答话。谈公事，讲生意，只求其明白清楚，没有什么可说的。一般的谈话往往是属于"无题""偶成"之类，没有固定的题材，信手拈来，自有情致。情人们喁喁私语，总是有说不完的话题，谈到无可再谈，则"此时无声胜有声"了。老朋友们剪烛西窗，班荆道故，上下古今无不可谈，其间并无定则，只要对方不打哈欠。禅师们在谈吐间好逞机锋，不落迹象，那又是一种境界，不是我们凡夫俗子所能企望得到的。善谈和健谈不同，健谈者能使四座生春，但多少有点霸道，善谈者尽管舌灿莲花，但总还要给别人留些说话的机会。

话的内容总不能不牵涉到人，而所谓人，则不是别人便是自己。谈论别人则东家长西家短全成了上好的资料，专门隐恶扬善则内容枯燥听来乏味，揭人隐私则又有伤口德，这其间颇费斟酌。英文gossip 一字原意是"教父母"，尤指教母，引申而为任何中年以上之妇女，再引申而为闲谈，再引申而为飞短流长，而为长舌妇，可见这种毛病由来有自，"造谣学校"之缘起亦在于是，而且是中外皆然。不过现在时代进步，这种现象已与年纪无关。谈话而专谈自己当然不会伤人，并且缺德之事经自己宣扬之后往往变成为值得夸耀之事。不过这又显得"我执"太深，而且最关心自己的事的人，往往只是自己。英文的"我"字，是大写字母的I，有人已嫌其夸张，如果谈起话来每句话都用"我"字开头，不更显着是自我本位了么？

在技巧上，谈话也有些个禁忌。"话到口边留半句"，只是劝人慎言，却有人认真施行，真个的只说半句，其余半句要由你去揣摩，好像文法习题中的造句，半句话要由你去填充。有时候是光说前半句，要你猜后半句；有时候是光说后半句，要你想前半句。一段谈话中若是破碎的句子太多，在听的方面不加整理是难以理解的。费时费事，莫此为甚。我看在谈话时最好还是注意文法，多用完整的句子为宜。另一极端是，惟恐听者印象不深，每一句话重复一遍，这办法对于听者的忍耐力实在要求过奢。谈话的腔调与嗓音因人而异，有的如破锣，有的如公鸡，有的行腔使气有板有眼，有的回肠荡气如怨如诉，有的于每一句尾加上一串格格的笑，有的于说完一段话之后像鲸鱼一般喷一口大气，这一切都无关宏旨，要紧的是说话的声音之大小需要一点控制。一开口便血脉偾张，声震屋瓦，不久便要力竭声嘶，气急败坏，似可不必。另有一些人的谈话别有公式，把每句中的名词与动词一律用低音，甚至变成耳语，令听者颇为吃力。有些人唾腺特别发达，三言两句之后嘴角上便积有两滩如奶油状的泡沫，于发出重唇音的时候便不免星沫四溅，真像是痰唾珠玑。人与人相处，本来易生摩擦，谈话时也要保持距离，以策安全。

谦 让

谦让仿佛是一种美德，若想在眼前的实际生活里寻一个具体的例证，却不容易。类似谦让的事情近来似很难得发生一次。就我个人的经验说，在一般宴会里，客人入席之际，我们最容易看见类似谦让的事情。

一群客人挤在客厅里，谁也不肯先坐，谁也不肯坐首座，好像"常常登上座，渐渐入祠堂"的道理是人人所不能忘的。于是你推我让，人声鼎沸。辈分小的，官职低的，垂着手远远立在屋角，听候调遣。自以为有占首座或次座资格的人，无不攘臂而前，拉拉扯扯，不肯放过他们表现谦让的美德的机会。有的说："我们叙齿，你年长！"有的说："我常来，你是稀客！"有的说："今天非你上座不可！"事实固然是为让座，但是当时的声浪和唾沫星子却都表示像在争座。主人腆着一张笑脸，偶然插一两句嘴，作鹭鸶笑。这场纷扰，要直到大家的兴致均已低落，该说的话差不多都已说完，然后急转直下，突然平息，本就该坐上座的人便去就了上座，并无苦恼之相，而往往是显着踌躇满志顾盼自雄的样子。

我每次遇到这样谦让的场合，便首先想起《聊斋》上的一个故事：一伙人在热烈地让座，有一位扯着另一位的袖子，硬往上拉，被拉的人硬往后躲，双方势均力敌，突然间拉着袖子的手一松，被拉的那只胳臂猛然向后一缩，胳臂肘尖正撞在后面站着的一位驼背朋友的两只特别凸出的大门牙上，喀吱一声，双牙落地！我每忆起这个乐极生悲的故事，为明哲保身起见，在让座时我总躲得远远的。等风波过后，剩下的位置是我的，首座也可以，坐上去并不头晕，末座亦无妨，我也并不因此少吃一嘴。我不谦让。

考让座之风之所以如此地盛行，其故有二。第一，让来让去，每人总有一个位置，所以一面谦让，一面稳有把握。假如主人宣布，位置只有12个，客人却有14位，那便没有让座之事了。第二，所让者是个虚荣，本来无关宏旨，凡是半径都是一般长，所以坐在任何位置（假如是圆桌）都可以享受同样的利益。假如明文规定，凡坐过首席若干次者，在铨叙上特别有利，我想让座的事情也就少了。我从不曾看见，在长途公共汽车车站售票的地方，如果没有木制的长栅栏，而还能够保留一点谦让之风！因此我发现了一般人处世的一条道理，那便是：可以无需让的时候，则无妨谦让一番，于人无利，于己无损；在该让的时候，则不谦让，以免损己；在应该不让的时候，则必定谦让，于己有利，于人无损。

小时候读到孔融让梨的故事，觉得实在难能可贵，自愧弗如。一只梨的大小，虽然是微屑不足道，但对于一个四五岁的孩子，其重要或者并不下于一个公务员之心理盘算简、荐、委。有人猜想，孔融那几天也许肚皮不好，怕吃生冷，乐得谦让一番。我不敢这样妄加揣测。不过我们要承认，利之所在，可以使人忘形，谦让不是一件容易的事。孔融让梨的故事，发扬光大起来，确有教育价值，可惜并未发生多少实际的效果：今之孔融，并不多见。

谦让作为一种仪式，并不是坏事，像天主教会选任主教时所举行的仪式就满有趣。就职的主教照例地当众谦逊三回，口说"nolo episcopari"意即"我不要当主教"，然后照例地敦促三回终于勉为其难了。我觉得这样的仪式比宣誓就职之后再打通电声明固辞不获要好得多。谦让的仪式行久了之后，也许对于人心有潜移默化之功，使人在争权夺利奋不顾身之际，不知不觉地也举行起谦让的仪式。可惜我们人类的文明史尚短，潜移默化尚未能奏大效，露出原始人的狰狞面目的时候要比雍雍穆穆的举行谦让仪式的时候多些。我每次从公共汽车售票处杀进杀出，心里就想先王以礼治天下，实在有理。

握 手

握手之事，古已有之，后汉书"马援与公孙述少同里闬相善，以为既至常握手，如平生欢"。但是现下通行的握手，并非古礼，既无明文规定，亦无此种习俗。大概还是剃了小辫以后的事，我们不能说马援和公孙述握过手便认为是过去有此礼节的明证。

西装革履我们都可以忍受，简便易行而且惠而不费的握手我们当然无需反对。不过有几种人，若和他握手，会感觉痛苦。

第一是做大官或自以为做大官者，那只手不好握。他常常挺着胸膛，伸出一只巨灵之掌，两眼望青天，等你趁上去握的时候，他的手仍是直僵地伸着，他并不握，他等着你来握。你事前不知道他是如此爱惜气力，所以不免要热心地迎上去握，结果是孤掌难鸣，冷涔涔地讨一场没趣。而且你还要及早罢手，赶快撒手，因为这时候他的身体已转向另一个人去，他预备把那巨灵之掌给另一个人去握——不是握，是摸。对付这样的人只有一个办法，便是，你也伸出一只巨灵之掌，你也别握，和他作"打花巴掌"状，看谁先握谁！

另一种人过犹不及。他握着你的四根手指,恶狠狠地一挤,使你痛彻肺腑,如果没有寒暄笑语偕以俱来,你会误以为他是要和你角力。此种人通常有耐久力,你入了他的掌握,休想逃脱出来。如果你和他很有交情,久别重逢,情不自禁,你的关节虽然痛些,我相信你会原谅他的。不过通常握手用力最大者,往往交情最浅。他是要在向你使压力的时候使你发生一种错觉,以为此人待我特善。其实他是握了谁的手都是一样卖力的。如果此人曾在某机关做过干事之类,必能一面握手,一面在你的肩头重重地拍一下子,"哈喽,哈喽,怎样好?"

　　单就握手时的触觉而论,大概愉快时也就不多。春笋般的纤纤玉指,世上本来少有,更难得一握,我们常握的倒是些冬笋或笋干之类,虽然上面更常有蔻丹的点缀,干到还不如熊掌。狄更斯的《大卫·科波菲尔》里的乌利亚,他的手也是令人不能忘的,永远是湿津津的冷冰冰的,握上去像是五条鳝鱼。手脏一点无妨,因为握前无暇检验,惟独带液体的手不好握,因为事后不便即揩,事前更不便先给他揩。

　　"有一桩事,男人站着做,女人坐着做,狗翘起一条腿儿做。"这桩事是——是握手。和狗行握手礼,我尚无经验,不知狗爪是肥是瘦,亦不知狗爪是松是紧,姑置不论。男女握手之法不同。女人握手无需起身,亦无需脱手套,殊失平等之旨,尚未闻妇女运动者倡议纠正。在外国,女人伸出手来,男人照例只握手尖,约一英寸至二英寸,稍握即罢,这一点在我们中国好像禁忌少些，时间空间的限制都不甚严。

朋友相见，握手言欢，本是很自然的事，有甚于握手者，亦未曾不可，只要双方同意，与人无涉。惟独大庭广众之下，宾客环坐，握手势必普遍举行，面目可憎者，语言无味者，想饱以老拳尚不足以泄忿者，都要一一亲炙，皮肉相接。在这种情形之下握手，我觉得是一种刑罚。

《哈姆雷特》中波娄尼阿斯诫其子曰："不要为了应酬每一个新交而磨粗了你的手掌。"我们是要爱惜我们的手掌。

下 棋

有一种人我最不喜欢和他下棋，那便是太有涵养的人。杀死他一大块，或是抽了他一个车，他神色自若，不动火，不生气，好像是无关痛痒，使得你觉得索然寡味。君子无所争，下棋却是要争的。当你给对方一个严重威胁的时候，对方的头上青筋暴露，黄豆般的汗珠一颗颗地在额上陈列出来，或哭丧着脸作惨笑，或咕嘟着嘴作吃屎状，或抓耳挠腮，或大叫一声，或长吁短叹，或自怨自艾口中念念有词，或一串串地噎嗝打个不休，或红头涨脸如关公，种种现象，不一而足，这时节你"行有余力"便可以点起一支烟，或啜一碗茶，静静地欣赏对方的苦闷的象征。我想猎人因逐一只野兔的时候，其愉快大概略相仿佛。因此我悟出一点道理，和人下棋的时候，如果有机会使对方受窘，当然无所不用其极，如果被对方所窘，便努力作出不介意状，因为既不能积极地给对方以苦痛，只好消极地减少对方的乐趣。

自古博弈并称，全是属于赌的一类，而且只是比"饱食终日无所用心"略胜一筹而已。不过弈虽小术，亦可以观人，相传有慢性人，见对方走当头炮，便左思右想，不知是跳左边的马好，还是跳右边的马好，想了半个钟头而迟迟不决，急得对方拱手认输。是有这样的慢性人，每一着都要考虑，而且是加慢地考虑，我常想这种人如加入龟兔竞赛，也必定可以获胜。也有性急的人，下棋如赛跑，劈劈啪啪，草草了事，这仍就是饱食终日无所用心的一贯作风。下棋不能无争，争的范围有大有小，有斤斤计较而因小失大者，有不拘小节而眼观全局者，有短兵相接作生死斗者，有各自为战而旗鼓相当者，有赶尽杀绝一步不让者，有好勇斗狠同归于尽者，有一面下棋一面诮骂者，但最不幸的是争的范围超出了棋盘，而拳足交加。有下象棋者，久而无声音，排闼视之，阒不见人，原来他们是在门后角里扭做一团，一个人骑在另一个人的身上，在他的口里挖车呢。被挖者不敢出声，出声则口张，口张则车被挖回，挖回则必悔棋，悔棋则不得胜，这种认真的态度憨得可爱。我曾见过二人手谈，起先是坐着，神情潇洒，望之如神仙中人，俄而棋势吃紧，两人都站起来了，剑拔弩张，如斗鹌鹑，最后到了生死关头，两个人跳到桌上去了！

笠翁《闲情偶寄》说弈棋不如观棋，因观者无得失心，观棋是有趣的事，如看斗牛、斗鸡、斗蟋蟀一般，但是观棋也有难过处，观棋不语是一种痛苦。喉间硬是痒得出奇，思一吐为快。看见一个人要入陷阱而不作声是几乎不可能的事，如果说得中肯，其中一个人要厌恨你，暗暗地骂一声："多嘴驴！"另一个人也不感激你，心想："难道我还不晓得这样走！"如果说得不中肯，两个人要一齐嗤之以鼻，"无见识奴！"如果根本不说，憋在心里，受病。所以有人于挨了一个耳光之后还要抚着热辣辣的嘴巴大呼："要抽车，要抽车！"

下棋只是为了消遣，其所以能使这样多人嗜此不疲者，是因为它颇合于人类好斗的本能，这是一种"斗智不斗力"的游戏。所以瓜棚豆架之下，与世无争的村夫野老不免一枰相对，消此永昼；闹市茶寮之中，常有有闲阶级的人士下棋消遣，"不为无益之事，何以遣此有涯之生？"宦海里翻过身最后退隐东山的大人先生们，髀肉复生，而英雄无用武之地，也只好闲来对弈，了此残生，下棋全是"剩余精力"的发泄。人总是要斗的，总是要钩心斗角地和人争逐的。与其和人争权夺利，还不如在棋盘上多占几个官；与其招摇撞骗，还不如在棋盘上抽上一车。宋人笔记曾载有一段故事："李讷仆射，性卞急，酷好弈棋，每下子安详，极于宽缓，往往躁怒作，家人辈则密以弈具陈于前，讷睹，便忻然改容，以取其子布弄，都忘其恚矣。"（《南部新书》）。下棋，有没有这样陶冶性情之功，我不敢说，不过有人下起棋来确实是把性命都置诸度外。我有两个朋友下棋，警报作，不动声色，俄而弹落，棋子被震得在盘上跳荡，屋瓦乱飞，其中一位棋瘾较小者变色而起，被对方一把拉住："你走！那就算是你输了。"此公深得棋中之趣。

麻　将

　　我的家庭守旧，绝对禁赌，根本没有麻将牌。从小不知麻将为何物。除夕到上元开赌禁，以掷骰子状元红为限，下注三十几个铜板，每次不超过一二小时。有一次我斗胆问起，麻将怎个打法。家君正色曰："打麻将吗？到八大胡同去！"吓得我再也不敢提起麻将二字。心里留下一个并不正确的印象，以为麻将与八大胡同有什么密切关联。

　　后来出国留学，在轮船的娱乐室内看见有几位同学作方城戏，才大开眼界，觉得那136张骨牌倒是很好玩的。有人热心指点，我也没学会。这时候麻将在美国盛行，很多美国人家里都备有一副，虽然附有说明书，一般人还是不易得其门而入。我们有一位同学在纽约居然以教人打牌为副业，电话召之即去，收入颇丰，每小时一元。但是为大家所不齿，认为他不务正业，贻士林羞。

　　科罗拉多大学有两位教授，姊妹俩，老处女，请我和闻一多到她们家里晚餐，饭后摆出了麻将，作为余兴。在这一方面我和一多都是属于"四窍已通其三"——一窍不通的人物，当时大窘。两位教授不能了解，中国人竟不会打麻将？当晚四个人临时参看说明书，随看随打，谁也没能规规矩矩地和下一把牌，窝窝囊囊地把一晚消磨掉了。以后再也没有成局。

麻将不过是一种游戏，玩玩有何不可？何况贤者不免。梁任公先生即是此中老手。我在清华念书的时候，就听说任公先生有一句名言："只有读书可以忘记打牌，只有打牌可以忘记读书。"读书兴趣浓厚，可以废寝忘食，还有工夫打牌？打牌兴亦不浅，上了牌桌全神贯注，焉能想到读书？二者的诱惑力、吸引力，有多么大，可以想见。书读多了，没有什么害处，顶多变成不更事的书呆子，文弱书生。经常不断地十圈二十圈麻将打下去，那毛病可就大了。有任公先生的学问风操，可以打牌，我们没有他那样的学问风操，不得借口。

胡适之先生也偶然喜欢摸几圈。有一年在上海，饭后和潘光旦、罗隆基、饶子离和我，走到一品香开房间打牌。硬木桌上打牌，滑溜溜的，震天价响，有人认为痛快。我照例作壁上观。言明只打八圈，打到最后一圈已近尾声，局势十分紧张。胡先生坐庄。潘光旦坐对面，三副落地，吊单，显然是一副满贯的大牌。"扣他的牌，打荒算了。"胡先生摸到一张白板，地上已有两张白板。"难道他会吊孤张？"胡先生口中念念有词，犹豫不决。左右皆曰："生张不可打，否则和下来要包！"胡先生自己的牌也是一把满贯的大牌，且早已听张，如果扣下这张白板，势必拆牌应付，于心不甘。犹豫了好一阵子，"冒一下险，试试看。"啪的一声把白板打了出去！"自古成功在尝试"，这一回却是"尝试成功自古无"了。潘光旦嘿嘿一笑，翻出底牌，吊的正是白板。胡先生包了。身上现钱不够，开了一张支票，三十几元。那时候这不算是小数目。胡先生技艺不精，没得怨。

抗战期间，后方的人，忙的是忙得不可开交，闲的是闷得发慌。不知是谁诌了四句俚词："一个中国人，闷得发慌。两个中国人，就好商量。三个中国人，作不成事。四个中国人，麻将一场。"四个人凑在一起，天造地设，不打麻将怎么办？雅舍也备有麻将，只是备不时之需。有一回有客自重庆来，第二天就回去，要求在雅舍止宿一夜。我们没有招待客人住宿的设备，颇有难色，客人建议打个通宵麻将。在三缺一的情形下，第四者若是坚不下场，大家都认为是伤天害理的事。于是我也不得不凑一角。这一夜打下来，天旋地转，我只剩得奄奄一息，誓言以后在任何情形之下，再也不肯做这种成仁取义的事。

麻将之中自有乐趣。贵在临机应变，出手迅速。同时要手挥五弦目送飞鸿，有如谈笑用兵。徐志摩就是一把好手，牌去如飞，不假思索。麻将就怕"长考"。一家长考，三家暴躁。以我所知，麻将一道要推太太小姐们最为擅长。在牌桌上我看见过真正春笋一般的玉指洗牌砌牌，灵巧无比。（美国佬的粗笨大手砌牌需要一根大尺往前一推，否则牌就摆不直！）我也曾听说某一位太太有接连三天三夜不离开牌桌的纪录，（虽然她最后崩溃以至于吃什么吐什么！）男人们要上班，就无法和女性比。我认识的女性之中有一位特别长于麻将，经常午间起床，午后二时一切准备就绪，呼朋引类，麻将开场，一直打到夜深。雍容俯仰，满室生春。不仅是技压侪辈，赢多输少。我的朋友卢冀野是个倜傥不羁的名士，他和这位太太打过多次麻将，他说："政府于各部会之外应再添设一个'俱乐部'，其中设麻将司，司长一职非这位太太莫属矣。"甘拜下风的不只是他一个人。

路过广州，耳畔常闻噼噼啪啪的牌声，而且我在路边看见一辆停着的大卡车，上面也居然摆着一张八仙桌，四个人露天酣战，行人视若无睹。餐馆里打麻将，早已通行，更无论矣。在台湾，据说麻将之风仍然很盛。有中国人的地方就有麻将，有些地方的寓公寓婆亦不能免。麻将的诱惑力太大。王尔德说过："除了诱惑之外，我什么都能抵抗。"

我不打麻将，并不妄以为自己志行高洁。我脑筋迟钝，跟不上别人反应的速度，影响到麻将的节奏。一赶快就出差池。我缺乏机智，自己的一副牌都常照顾不来，遑论揣度别人的底细，既不知己又不知彼，如何可以应付大局？打牌本是寻乐，往往是寻烦恼，又受气又受窘，干脆不如不打。费时误事的大道理就不必说了。有人说卫生麻将又有何妨？想想看，鸦片烟有没有卫生鸦片，海洛因有没有卫生海洛因？大凡卫生麻将，结果常是有碍卫生。起初输赢小，渐渐提升。起初是朋友，渐渐成赌友，一旦成为赌友，没有交情可言。我曾看见两位朋友，都是斯文中人，为了甲扣了乙一张牌，宁可自己不和而不让乙和，事后还扬扬得意，以牌示乙，乙大怒。甲说在牌桌上损人不利己的事是可以做的，话不投机，大打出手，人仰桌翻。我又记得另外一桌，庄家连和七把，依然手顺，把另外三家气得目瞪口呆面色如土。结果是勉强终局，不欢而散。赢家固然高兴，可是输家的脸看了未必好受。有了这些经验，看了牌局我就怕，作壁上观也没兴趣。何况本来是个穷措大，"黑板上进来白板上出去"也未免太惨。

　　对于沉湎于此道中的朋友们，无论男女，我并不一概诅咒。其中至少有一部分可能是在生活上有什么隐痛，借此忘忧，如同吸食鸦片一样久而上瘾，不易戒掉。其实要戒也很容易，把牌和筹码以及牌桌一起蠲除，洗手不干便是。

放风筝

偶见街上小儿放风筝，拖着一根棉线满街跑，嬉戏为欢，状乃至乐。那所谓风筝，不过是竹篾架上糊一点纸，一尺见方，顶多底下缀着一些纸穗，其结果往往是绕挂在街旁的电线上。

常因此想起我小时候在北平放风筝的情形。我对放风筝有特殊的癖好，从孩提时起直到三四十岁，遇有机会从没有放弃过这一有趣的游戏。在北平，放风筝有一定的季节，大约总是在新年过后开春的时候为宜。这时节，风劲而稳。严冬时风很大，过于凶猛，春季过后则风又嫌微弱了。开春的时候，蔚蓝的天，风不断地吹，最好放风筝。

北平的风筝最考究。这是因为北平的有闲阶级的人多，如八旗子弟，凡属耳目声色之娱的事物都特别发展。我家住在东城，东四南大街，在内务部街与史家胡同之间有一个二郎庙，庙旁边有一爿风筝铺，铺主姓于，人称"风筝于"。他做的风筝在城里颇有小名。我家离他近，买风筝特别方便。他做的风筝，种类繁多，如肥沙雁、瘦沙雁、龙井鱼、蝴蝶、蜻蜓、鲇鱼、灯笼、白菜、蜈蚣、美人儿、八卦、蛤蟆，以及其他形形色色。鱼的眼睛是活动的，放起来滴溜溜地转，尾巴拖得很长，临风波动。蝴蝶、蜻蜓的翅膀也有软的，波动起来也很好看。风筝的架子是竹制的，上面绷起高丽纸面，讲究的要用绢绸，绘制很是精致，彩色缤纷。"风筝于"的出品，最精彩是"提线"拴得角度准确，放起来不"折筋斗"，平平稳稳。风筝小者三尺，大者一丈以上，通常在家里玩玩由三尺到七尺就很够了。新年厂甸开放，风筝摊贩也很多，品质也还可以。

　　放风筝的线，小风筝用棉线即可，三尺以上就要用棉线数绺捻成的"小线"。小线也有粗细之分，视需要而定。考究的要用"老弦"：取其坚牢，而且分量较轻，放起来可以扭成直线，不似小线之动辄出一圆兜。线通常绕在竹制的可旋转的"线桃子"上。讲究的是硬木制的线桃子，旋转起来特别灵活迅速。用食指打一下，桃子即转十几转，自然地把线绕上去了。

　　有人放风筝，尤其是较大的风筝，常到城根或其他空旷的地方去，因为那里风大，一抖就起来了。尤其是那一种特制的巨型风筝，名为"拍子"，长方形的，方方正正没有一点花样，最大的没有超过九尺。北平的住宅都有个院子，放风筝时先测定风向，要有人带起一根大竹竿，竿顶置有铁叉头或铜叉头（即挂画所用的那种叉子），把风筝挑起，高高举起到房檐之上，等着风一来，一抖，风筝就飞上天去，竹竿就可以撤了，有时候风不够大，举竹竿的人还要爬上房去踞坐在房脊上面。有时候，费了不少手脚，而风姨不至，只好废然作罢，不过这种扫兴的机会并不太多。

风筝和飞机一样，在起飞的时候和着陆的时候最易失事。电线和树都是最碍事的，须善为躲避。风筝一上天，就没有事，有时候进入罡风境界，直不需用手牵着，大可以把线拴在屋柱上面，自己进屋休息，甚至拴一夜，明天再去收回。春寒料峭，在院子里久了会冻得涕泗交流，线弦有时也会把手指勒得青疼，甚至出血，是需要到屋里去休息取暖的。

风筝之"筝"字，原是一种乐器，似瑟而十三弦。所以顾名思义，风筝也是要有声响的，《询刍录》云："五代李邺于宫中作纸鸢，引线乘风为戏，后于鸢首，以竹为笛，使风入竹，声如筝鸣。"这记载是对的。不过我们在北平所放的风筝，倒不是"以竹为笛"，带响的风筝有两种，一种是带锣鼓的，一种是带弦弓的，二者兼备的当然也不是没有。所谓锣鼓，即是利用风车的原理捶打纸制的小鼓，清脆可听。弦弓的声音比较更为悦耳。有高骈风筝诗为证：

夜静弦声响碧空，
宫商信任往来风，
依稀似曲才堪听，
又被风吹别调中。

我以为放风筝是一件颇有情趣的事。人生在世上，局促在一个小圈圈里，大概没有不想偶然远走高飞一下的。出门旅行，游山逛水，是一个办法，然亦不可常得。放风筝时，手牵着一根线，看风筝冉冉上升，然后停在高空，这时节仿佛自己也跟着风筝飞起了，俯瞰尘寰，怡然自得。我想这也许是自己想飞而不可得，一种变相的自我满足罢。春天的午后，看着天空飘着别人家放起的风筝，虽然也觉得很好玩，究不若自己手里牵着线的较为亲切，那风筝就好像是载着自己的一片心情上了天。真是的，在把风筝收回来的时候，心里泛起一种异样的感觉，好像是游罢归来，虽然不是扫兴，至少也是尽兴之后的那种疲惫状态，懒洋洋的，无话可说，从天上又回到了人间。从天上翱翔又回到匍匐地上。

　　放风筝还可以"送幡"（俗呼为"送饭儿"）。用铁丝圈套在风筝线上，圈上附一长纸条，在放线的时候铁丝圈和长纸条便被风吹着慢慢地滑上天去，纸幡在天空飞荡，直到抵达风筝脚下为止。在夜间还可以把一盏一盏的小红灯笼送上去，黑暗中不见风筝，只见红灯朵朵在天上游来游去。

　　放风筝有时也需要一点点技巧。最重要的是在放线松弛之间要控制得宜。风太劲，风筝陡然向高处跃起，左右摇晃，把线拉得绷紧，这时节一不小心风筝便会倒栽下去。栽下去不要慌，赶快把线一松，它立刻又会浮起，有时候风筝已落到视线所不能及的地方，依然可以把它挽救起来，凡事不宜操之过急，放松一步，往往可以化险为夷，放风筝亦一例也。技术差的人，看见风筝要栽筋斗，便急忙往回收，适足以加强其危险性，以至于不可收拾。风筝落在树梢上也不要紧，这时节也要把线放松，乘风势轻轻一扯便会升起，性急的人用力拉，便愈纠缠不清，直到把风筝扯碎为止。在风力弱的时候，风筝自然要下降，线成兜形，便要频频扯抖，尽量放线，然后再及时收回，一松一紧，风筝可以维持于不坠。

好斗是人的一种本能。放风筝时也可表现出战斗精神。发现邻近有风筝飘起，如果位置方向适宜，便可向它斗争。法子是设法把自己的风筝放在对方的线兜之下，然后猛然收线，风筝陡地直线上升，势必与对方的线兜交缠在一起，两只风筝都摇摇欲坠，双方都急于向回扯线，这时候就要看谁的线粗，谁的手快，谁的地势优了。优胜的一方面可以扯回自己的风筝，外加一只俘虏，可能还有一段线。我在一季之中，时常可以俘获四五只风筝，把俘获的风筝放起，心里特别高兴，好像是在炫耀自己的胜利品，可是有时候战斗失利，自己的风筝被俘，过一两天看着自己的风筝在天空飘荡，那便又是一种滋味了。这种斗争并无伤于睦邻之道，这是一种游戏，不发生侵犯领空的问题。并且风筝也只好玩一季，没有人肯玩隔年的风筝。迷信说隔年的风筝不吉利，这也许是卖风筝的人造的谣言。

睡

我们每天睡眠八小时，便占去一天的三分之一，一生之中三分之一的时间于"一枕黑甜"之中度过，睡不能不算是人生一件大事。可是人在筋骨疲劳之后，眼皮一垂，枕中自有乾坤，其事乃如食色一般的自然，好像是不需措意。

豪杰之士有"闻午夜荒鸡起舞"者，说起来令人神往，但是五代时之陈希夷，居然隐于睡，据说"小则亘月，大则几年，方一觉"，没有人疑其为有睡病，而且传为美谈。这样的大量睡眠，非常人之所能。我们的传统的看法，大抵是不鼓励人多睡觉。昼寝的人早已被孔老夫子斥为不可造就。使得我们居住在亚热带的人午后小憩（西班牙人所谓Siesta）时内心不免惭愧。后汉时有一位边孝先，也是为了睡觉受他的弟子们的嘲笑："边孝先，腹便便，懒读书，但欲眠。"佛说在家戒法，特别指出"贪睡眠乐"为"精进波罗密"之一障。大盖倒头便睡，等着太阳晒屁股，其事甚易，而掀起被衾，跳出软暖，至少在肉体上作"顶天立地"状，其事较难。

其实睡眠还是需要适量。我看倒是睡眠不足为害较大。"睡眠是自然的第二道菜"，亦即最丰盛的主菜之谓。多少身心的疲惫都在一阵"装死"之中涤除净尽。车祸的发生时常因为驾车的人在打瞌睡。衙门机构一些人员之一张铁青的脸，傲气凌人，也往往是由于睡眠不足，头昏脑涨，一肚皮的怨气无处发泄，如何能在脸上绽出人类所特有的笑容？至于在高位者，他们的睡眠更为重要，一夜失眠，不知要造成多少纰漏。

睡眠是自然的安排，而我们往往不能享受。以"天知地知我知子知"闻名的杨震，我想他睡觉没有困难，至少不会失眠，因为他光明磊落。心有恐惧，心有挂碍，心有忮求，倒下去只好辗转反侧，人尚未死而已先不能瞑目。庄子所谓"至人无梦"，《楞严经》所谓"梦想消灭，寝寤恒一"，都是说心里本来平安，睡时也自然踏实。劳苦分子，生活简单，日入而息，日出而作，不容易失眠。听说有许多治疗失眠的偏方，或教人计算数目字，或教人想象中描绘人体轮廓，其用意无非是要人收敛他的颠倒妄想，忘怀一切，但不知有多少实效。愈失眠愈焦急，愈焦急愈失眠，恶性循环，只好瞪着大眼睛，不觉东方之既白。

睡眠不能无床。古人席地而坐卧，我由"榻榻米"体验之，觉得不是滋味。后来北方的土炕砖炕，即较胜一筹。近代之床，实为一大进步。床宜大，不宜小。今之所谓双人床，阔不过四五尺，仅足供单人翻覆，还说什么"被底鸳鸯"？

莎士比亚《第十二夜》提到一张大床，英国Ware地方某旅舍有大床，七尺六寸高，十尺九寸长，十尺九寸阔，雕刻甚工，可睡十二人云。尺寸足够大了，但是睡上一打，其去沙丁鱼也几希，并不令人羡慕。讲到规模，还是要推我们上国的衣冠文物。我家在北平即藏有一旧床，杭州制，竹篾为绷，宽九尺余，深六尺余，床架高八尺，三面隔扇，下面左右床柜，俨然一间小屋，最可人处是床里横放架板一条，图书，盖碗，桌灯，四干四鲜，均可陈列其上，助我枕上之功。洋人的弹簧床，睡上去如落在棉花堆里，冬日犹可，夏日燠不可当。而且洋人的那种铺被的方法，将身体放在两层被单之间，把毯子裹在床垫之上，一翻身肩膀透风，一伸腿脚趾戳被，并不舒服。佛家的八戒，其中之一是"不坐高广大床"，和我的理想正好相反，我至今还想念我老家里的那张高广大床。

睡觉的姿态人各不同，亦无长久保持"睡如弓"的姿态之可能与必要。王右军那样的东床坦腹，不失为潇洒。即使佝偻着，如死蚯蚓，匍匐着，如癞蛤蟆，也不干谁的事。北方有些地方的人士，无论严寒酷暑，入睡时必脱得一丝不挂，在被窝之内实行天体运动，亦无伤风化。惟有鼾声雷鸣，最使不得。宋张端义《贵耳集》载一条奇闻："刘垂范往见羽士寇朝，其徒告以睡。刘坐寝外闻鼻鼾之声，雄美可听，曰：'寇先生睡有乐，乃华胥调。'"所谓"华胥调"见陈希夷故事，据《仙佛奇踪》，"陈抟居华山，有一客过访，适值其睡，旁有一异人，听其息声，以墨笔记之。客怪而问之，其人曰：'此先生华胥调混沌谱也。'"华胥氏之国不曾游过，华胥调当然亦无从欣赏，若以鼾声而论，我所能辨识出来的谱调顶多是近于"爵士新声"，其中可能真有"雄美可听"者。不过睡还是以不奏乐为宜。

睡也可以是一种逃避现实的手段。在这个世界活得不耐烦而又不肯自行退休的人，大可以掉头而去，高枕而眠，或竟曲肱而枕，眼前一黑，看不惯的事和看不入眼的人都可以暂时撇在一边，像鸵鸟一般，眼不见为净。明陈继儒《珍珠船》记载着："徐光溥为相，喜论事，大为李昊等所嫉，光溥后不言，每聚议，但假寐而已，时号睡相。"一个做到首相地位的人，开会不说话，一味假寐，真是懂得明哲保身之道，比微行言逊还要更进一步。这种功夫现代似乎尚未失传。

早 起

　　曾文正公说："作人从早起起。"因为这是每人每日所做的第一件事。这一桩事若办不到，其余的也就可想。记得从前俞平伯先生有两行名诗："被窝暖暖的，人儿远远的……"在这"暖暖……远远……"的情形之下，毅然决然地从被窝里蹿出来，尤其是在北方那样寒冷的天气，实在是不容易。惟以其不容易，所以那个举动被称为开始作人的第一件事。偎在被窝里不出来，那便是在作人的道上第一回败绩。

　　历史上若干嘉言懿行，也有不少是标榜早起的。例如，颜氏家训里便有"黎明即起"的句子。至少我们不会听说哪一个人为了早晨晏起而受到人的赞美。祖逖闻鸡起舞的故事是众所熟知的，但是我们不要忘了祖逖是志士，他所闻的鸡不是我们在天将破晓时听见的鸡啼，而是"中夜闻荒鸡鸣"。中夜起舞之后是否还回去再睡，史无明文，我想大概是不再回去睡了。黑茫茫的后半夜，舞完了之后还做什么，实在是不可想象的事。前清文武大臣上朝，也是半夜三更地进东华门，打着灯笼进去，不知是不是因为皇帝有特别喜欢起早的习惯。

　　西谚亦云："早出来的鸟能捉到虫儿吃。"似乎是晚出来的鸟便没得虫儿吃了。我们人早起可有什么好处呢？我个人是从小就喜欢早起的，可是也说不出有什么特别的好处，只是我个人的习惯而已。我觉得这是一个好习惯，可是并不是说有这好习惯的人即是好人，因为这习惯虽好，究竟在做人的道理上还是比较的一桩小事。所以像韩复榘在山东省做主席时强迫省府人员清晨五时集合在大操场里跑步，我并不敢恭维。

我小时候上学，躺在炕上一睁眼看见窗户上最高的一格有了太阳光，便要急得哭啼，我的母亲匆匆忙忙给我梳了小辫儿打发我去上学。我们的学校就在我们的胡同里。往往出门之后不久又眼泪扑簌地回来，母亲问道："怎么回来了？"我低着头嗫嚅地回答："学校还没有开门哩！"这是 50 多年前的事了，我现在想想，还是不知道为什么要那样性急。到如今，凡是开会或宴会之类，我还是很少迟到的。我觉得迟到是很可耻的一件事。但是我的心胸之不够开展，容不得一点事，于此也就可见一斑。

有人晚上不睡，早晨不起。他说这是"焚膏油以继晷"。我想，"焚膏油"则有之，日晷则在被窝里糟蹋不少。他说夜里万籁俱寂，没有搅扰，最宜工作，这话也许是有道理的。我想晚上早睡两个钟头，早上早起两个钟头，还是一样的，因为早晨也是很宜于工作的。我记得我翻译《阿伯拉与哀绿绮思的情书》的时候，就是趁太阳没出的时候搬竹椅在廊檐下动笔，等到太阳晒满半个院子，人声嘈杂，我便收笔，这样在一个月内译成了那本书，至今回忆起来还是愉快的。我在上海住几年，黎明即起，弄堂里到处是哗啦哗啦地刷马桶的声音，满街的秽水四溢，到处看得见横七竖八的露宿的人——这种苦恼是高枕而眠到日上三竿的人所没有的。有些个城市，居然到九十点钟而街上还没有什么动静，家家户户都门窗紧闭，行经其地如过废墟，我这时候只有暗暗地祝福那些睡得香甜的人，我不知道他们昨夜做了什么事，以至今天这样晚还不能起来。

我如今年事稍长，好早起的习惯更不易抛弃。醒来听见鸟啭，一天都是快活的。走到街上，看见草上的露珠还没有干，砖缝里被蚯蚓倒出一堆一堆的沙土，男的女的担着新鲜肥美的菜蔬走进城来，马路上有戴草帽的老朽的女清道夫，还有无数的青年男女穿着熨平的布衣精神抖擞地携带着"便当"骑着脚踏车去上班，——这时候我衷心充满了喜悦！这是一个活的世界，这是一个人的世界，这是生活！

就是学佛的人也讲究"早参""晚参"。要此心常常摄持。曾文正公说作人从早起起，也是着眼在那一转念之间，是否能振作精神，让此心做得主宰。其实早起晚起本身倒没有什么了不得的利弊，如是而已。

守 时

　　《史记·卷五十五·留侯世家》，记载圯上老人授书张良的故事，甚为生动："从五日平明，与我会此。"良因怪之，跪曰："诺。"五日平明，良往，父已先至'，怒曰："与老人期，何后也？"去曰："后五日早会。"五日鸡鸣，良往，父又先在，复怒曰："后何也？"去曰："后五日复早来。"五日良夜未半往。有顷，父亦来，喜曰："当如是。"

　　老人与良约会三次。第一次平明为期，平明就是天刚亮，语义相当含糊，天亮到什么程度才算是平明，本难确定。"东方未明"是一阶段，"东方未晞"又是一阶段，等到东方天际泛鱼肚色则又是一阶段。良平明往，未落日出之后，就不算是迟到。老人发什么脾气？说什么"与老人期"之倚老卖老的话？第二次约，时间更不明确，只说早一点去。良鸡鸣往，"鸡既鸣矣"就是天明以前的一刹那，事实上已经提早到达，还嫌太晚。第三次良夜未半往，夜未半即是午夜以前，这一次才满老人意。既然如此，为什么不早明说？虽然这是老人有意测验年轻人的耐性，但也不必这样蛮不讲理地折磨人。有人问我，假如遇见这样的一个老人作何感想，我说我愿效禅师的说法："大喝一声，一棒打杀！"

　　黄石公的故事是神话。不过守时却是古往今来文明社会共有的一个重要的道德信念。远古的时候问题简单，日出而作，日入而息，根本没有精确的时间观念，而且人与人要约的事恐怕也不太多。易系辞所谓"日中为市，致天下之民，聚天下之货，交易而退，各得其所"，不失为大家在时间上共立的一个标准，晚近的庙会市集，也还各有其约定俗成的时期规格。自从有了漏刻，分昼夜为百刻，一天之内才算有正确时间可资遵循。周有挈壶氏，自唐至清有挈壶正，是专管时间的官员。沙漏较晚，制在元朝。到了近年，也还有放午炮之说。现代的准确计时之器，如钟表之类，则是明季的舶来品，"明万历二十八年（1600），大西洋人利玛窦来献自鸣钟。"（续通考，乐考）嗣后自鸣钟在国内就大行其道。我小时候在三贝子花园畅观楼内，尚及见清朝洋人所贡各式各样的自鸣钟，金光灿烂，洋洋大观。在民间几乎家家案上正中央都有一架自鸣钟，用一把钥匙上弦，昼夜按时刻叮叮当当地响。外国人家墙上常见的鹧鸪钟，一只小鸟从一个小门跳出来报时，在国内尚比较少见。好像我们老一辈的中国人特别喜爱钟表，除了背心上特缝好几个小衣袋专放怀表之外，比较富裕人家墙上还常有一个硬木螺钿玻璃门的表柜，里面挂着二三十只形形色色的表，金的、银的、景泰蓝的、闷壳的，甚至背面壳里藏有活动秘戏图的，非如此不足以餍其收藏癖。至于如今的手表（实际是腕表）则高官大贾以至贩夫走卒无不备有一只了。

普遍的有了计时的工具，若是大家不知守时，又有何用？普通的衙门机关之类都定有办公时间，假如说是八点开始，到时候去看看，就会知道那是怎么一回事。大抵较低级的人员比较最守时，虽然其中难免有几位忙着在办事桌上吃豆浆油条。首长及高级人员大概就姗姗来迟了，他们还有一套理由，只有到了10点左右办稿拟稿逐层旅行的公文才能到达他们手里，早去了没有用。至于下班的时间，则大家多半知道守时，眼巴巴地望着时钟，谁也不甘落后。

和民众接触最频繁的莫过于银行邮局，可是在门前逡巡好久，进门烧头炷香的顾客不见得立刻就能受理，往往还要伫候一阵子，因为柜台后面的先生小姐可能很忙，忙着打开保险柜，忙着搬运文件，忙着清理卡片，忙着数钞票，忙着调整戳印，甚至于忙着泡茶，在在都需要时间。顾客们要稍安毋躁。

朋友宴客，有一两位照例迟到，一碟瓜子大家都快嗑完了，主人急得团团转，而那一两位客偏不来。按说"后至者诛"才是正理，但是后至者往往正是主客或是贵宾，所以必须虚上席以待。旧日戏园演戏，只有两盏汽油灯为照明之具，等到名角出台亮相，则几十盏电灯一齐照耀，声势非凡。有迟到之癖的客人大概是以名角自居，迟到之后不觉得歉然，反倒有得色。而迟到的人可能还要早退，表示另有一处要应酬，也许只是虚晃一招，实际是回家吃碗蛋炒饭。

要守时，但不一定要分秒不差，那就是苛求了。但也不能距约定时间太远。甲欲访乙，先打电话过去商洽，这是很有礼貌的行为，甲问什么时候驾临，乙说马上就去。问题就出在这"马上"二字，甲忘了叮问是什么马，是"竹批双耳峻，风入四蹄轻"的胡马，还是"皮干剥落，毛暗萧条"的瘦马，是练习纵跃用的木马，还是渡过了康王的泥马。和人要约，害得对方久等，揆诸时间即生命之说，岂是轻轻一声抱歉所能赎其罪愆？

守时不是容易事，要精神总动员。要不要先整其衣冠，要不要携带什么，要不要预计途中有多少红灯，都要通过大脑盘算一下。迟到固然不好，早到亦非万全之策，早到给自己找烦恼，有时候也给别人以不必要的窘。黄石公那段故事是例外，不足为训。记得莎士比亚有一句戏词："赴情人约，永远是早到。"情人一心一意地在对方身上，不肯有分秒的延误，同时又怕对方忍受枯守之苦，所以"月上柳梢头，人约黄昏后"，老早的就去等着，"月移花影动，疑是玉人来"了。

我们能不能推爱及于一切邀约，大家都守时？

利用零碎时间

英国有一位政治家兼作者威廉·考贝特（William Cobbett，1762—1835）。他写过一本书《对青年人的劝告》，其中有一段"利用零碎时间"，如下：

文法的学习并不需要减少办事的时间，也不需要占去必需的运动时间。平常在茶馆咖啡馆用掉的时间以及附带着的闲谈所用掉的时间——亦即一年中所浪费掉的时间——如果用在文法的学习上，便会使你在余生中成为一个精确的说话者与写作者。你们不需要进学校，用不着课室，无需费用，没有任何麻烦的情形。我学习文法是在每日赚六便士当兵的时候。床的边沿或岗哨铺位的边沿便是我们研习的座位，我的背包便是我的书架子，一小块木板放在腿上便是我的写字台，而这工作并没有用掉一整年的功夫。我没钱去买蜡烛油；在冬天除了火光以外我很难得在夜晚有任何照光，而那也只好等到我轮值时才有。

如果我在这种情形之下，既无父母又无朋友给我以帮助与鼓励，居然能完成这工作，那么任何年轻人，无论多穷苦，无论多忙，无论多缺乏房间或方便，可有什么可借口的呢？为了买一支笔或一张纸，我被迫放弃一部分粮食，虽然是在半饥饿状态中。在时间上没有一刻钟可以说是属于我自己的；我必须在十来个最放肆而又随便的人们之高谈阔论歌唱嬉笑吹哨吵闹当中阅读写作，而且是在他们毫无顾忌的时间里。莫要轻视我偶尔花掉的买纸笔墨水的那几文钱。那几文钱对于我是一笔巨款！除了为我们上市购买食物所费之外，我们每人每星期所得不过是两便士。我再说一遍，如果我能在此种情形之下完成这项工作，世界上可能有一个青年能找到借口说办不到吗？哪一位青年读了我这篇文字，若是还说没有时间没有机会研习这学问中最重要的一项，他能不羞惭吗？

以我而论，我可以老实讲，我之所以成功，得力于严格遵守我在此讲给你们听的教条者，过于我的天赋的能力；因为天赋能力，无论多少，比较起来用处较少，纵然以严肃和克己来相辅，如果我在早年没有养成那爱惜光阴之良好习惯。我在军队获得非常的擢升，有赖于此者胜过其他任何事物。我是"永远有备"；如果我在十点要站岗，我在九点就准备好了；从来没有任何人或任何事在等候我片刻时光。年到二十岁，从上等兵立刻升到军士长，越过了三十名中士，应该成为大家嫉恨的对象；但是早起的习惯以及严格遵守我讲给你们听的教条，确曾消灭了那些嫉恨的情绪，因为每个人都觉得我所做的乃是他们所没有做的而且是他们所永不会做的。

考贝特这个人是工人之子，出身寒微，早年在美洲从军，但是他终于因苦读自修而成功，他写了不少的书，其中有一部是《英文文法》。

常有人问我：大部分时间用在什么上面？我回答说：我的大部分时间浪费掉了。这并非是矫情。的确，大部分时间是未加利用，浑浑噩噩地消磨掉了，所以一事无成，老大伤悲，我又常听人说，他想读一点书，苦于没有时间。我不同情他，因为一个人不管多么忙，总不至于忙得抽不出一点时间。如果每日抽出一小时读书，一年就有365小时，十年就有3650小时，积少成多，何事不可为？放翁诗有"呼童不应自升火，待饭未来还读书"之句，我曾写了张贴在壁上，鞭策自己不要浪费"待饭未来"的那一段光阴。我的子女也无意中受到影响，待饭的时间人手一卷。这就是利用零碎时间之一道。古人所谓"马上、枕上、厕上"三上之功，其立意也无非是如此。

西人有度周末之说，工商界人士一周劳瘁，到周末游憩，亦我国休沐之意，未可厚非。读书人似应仍以"焚膏油以继晷，恒兀兀以穷年"为圭臬。零碎时间不可浪费，矧周末大好时光，竟杀之而后快？

拜　年

拜年不知始自何时。明田汝成《熙朝乐事》："正月元旦，夙与盥漱，啖黍糕，谓年年糕，家长少毕拜，姻友投笺互拜，谓拜年。"拜年不会始自明时，不过也不会早，如果早已相习成风，也就不值得特为一记了。尤其是务农人家，到了岁除之时，比较清闲，一年辛苦，透一口气，这时节酒也酿好了，腊肉也腌透了，家祭蒸尝之余，长少毕拜，所谓"新岁为人情所重"，大概是自古已然的了。不过演变到姻友投笺互拜，那就是另一回事了。

回忆幼时，过年是很令人心跳的事。平素轻易得不到的享乐与放纵，在这短短几天都能集中实现。但是美中不足，最煞风景的莫过于拜年一事。自己辈分低，见了任何人都只有磕头的份。而纯洁的孩提，心里实在纳闷，为什么要在人家面前匍匐到"头着地"的地步。那时节拜年是以向亲友长辈拜年为限。这份差事为人子弟的是无法推脱的。我只好硬着头皮穿上马褂缎靴，跨上轿车，按照车子登门去拜年。有些人家"挡驾"，我认为这最知趣；有些人家迎你升堂入室，受你一拜，然后给你一盏甜茶，扯几句淡话，礼毕而退；有些人家把你让到正厅，内中阒无一人，任你跪在红毡子上朝上磕头，活见鬼！如是者总要跑上三两天。见人就磕头，原是处世妙方，可惜那时不甚了了。

后来年纪渐长，长我一辈两辈的人都很合理地凋谢了，于是每逢过年便不复为拜年一事所苦。自己吃过的苦，也无意再加在自己的儿子身上去。阳春雪霁，携妻室儿女去挤厂甸，冻得手脚发僵，买些琉璃喇叭大糖葫芦，比起奉命拜年到处作磕头虫，岂不有趣得多？

几十年来我已不知拜年为何物。初到台湾时，大家都是惊魂甫定，谈不到年，更谈不到拜年。最近几年来，情形渐渐不对了，大家忽地一窝蜂拜起年来了。天天见面的朋友也相拜年，下属给长官拜年，邻居给邻居拜年。初一那天，我居住的陋巷真正的途为之塞，交通断绝一二小时。每个人咧着大嘴，拱拱手，说声"恭喜发财"，也不知喜从何处来，财从何处发，如痴如狂，满大街小巷的行尸走肉。一位天主教的神父，见了我也拱起手说"恭喜发财"，出家人尚且如此，在家人复有何说？大家好像是完全忘记了现在是战时，完全忘记了现在戒严法总动员法都还有效，竟欢喜忘形，创造出这种形式的拜年把戏。我说这是创造，因为这不合古法，也不合西法，而且也不合情理，完全是胡闹。

胡闹而成了风气，想改正便不容易。有一位不肯随波逐流的人，元旦之晨犹拥被高卧，但是禁不住家人催促，只好勉强出门，未能免俗。心里忽然一动，与其游朱门，不如趋蓬户，别人锦上添花，我偏雪中送炭，于是他不去拜上司，反而去拜下属。于是进陋巷，款柴扉，来应门的是一个三尺童子，大概从来没见有这样的人来拜年过，小孩子亦受宠若惊，回头就跑，正好触到一块绊脚石，跌了一跤，脑袋撞在石阶上，鲜血直喷。拜年者和被拜年者慌作一团，送医院急救，一场血光之灾结束了一场拜年的闹剧，可见顺逆之势不可勉强，要拜年还是到很多人都去拜年的地方去拜。

拜年者使得人家门庭若市，对于主人也构成威胁。我看见有人在门前张贴告示："全家出游，恭贺新禧！"有时亦不能收阻之效，有些客人便闯进去，则室内高朋满座，香烟缭绕，一桌子的糖果，一地的瓜子皮。使得投笺拜年者反倒显着生分了。在这种场合，剥两只干桂圆，喝几口茶水，也就可以起身，不必一定要像以物出物的楔子，等待下一批客人来把你生顶出去。拜年虽非普通日子访客可比，究竟仍以给人留下吃饭睡觉的时间为宜。

有人向我说："你别自以为众醉独醒，大家的见识是差不多的，谁愿意把两腿弄得清酸，整天价在街上狼奔豕窜？还不是闷得发慌？到了新正，荒斋之内举目皆非，想想家乡不堪闻问，瞻望将来则有的说有望，有的说无望，有的心里无望而嘴巴里却说有望，望，望，望，我们望了十多年了，以后不知还要再望多么久。人是血肉做的，一生有几个十多年？过年放假，家中闲坐，闷得发慌，会要得病的，所以这才追随大家之后，街上跑跑，串串门子，不为无益之事，何以遣有涯之生？谁还真个要给谁拜年？拜年？想得好！兴奋之后便是麻痹，难得大家兴奋一下。"

这样说来，拜年岂不是成了一种"苦闷的象征"？

散　步

《琅嬛记》云："古之老人，饭后必散步。"好像是散步限于饭后，仅是老人行之，而且盛于古时。现代的我，年纪不大，清晨起来盥洗完毕便提起手杖出门去散步。这好像是不合古法，但我已行之有年，而且同好甚多，不只我一人。

清晨走到空旷处，看东方既白，远山如黛，空气里没有太多的尘埃炊烟混杂在内，可以放心地尽量地深呼吸，这便是一天中难得的享受。据估计："目前一般都市的空气中，灰尘和烟煤的每周降量，平均每平方公里约为五吨，在人烟稠密或工厂林立的地区，有的竟达二十吨之多。"养鱼的都知道要经常为鱼换水，关在城市里的人真是如在火宅，难道还不在每天清早从软暖习气中挣脱出来，服几口清凉散？

散步的去处不一定要是山明水秀之区，如果风景宜人，固然觉得心旷神怡，就是荒村陋巷，也自有它的情趣。一切只要随缘。我从前沿着淡水河边，走到萤桥，现在顺着一条马路，走到土桥，天天如是，仍然觉得目不暇给。朝露未干时，有蚯蚓，大蜗牛，在路边蠕动，没有人伤害它们，在这时候这些小小的生物可以和我们和平共处。也常见有被碾毙的田鸡野鼠横尸路上，令人触目惊心，想到生死无常，河边蹲踞着三三两两浣衣女，态度并不轻闲，她们的背上兜着垂头瞌睡的小孩子。田畦间伫立着几个庄稼汉，大概是刚拔完萝卜摘过菜。是农家苦，还是农家乐，不大好说。就是从巷弄里面穿行，无意中听到人家里的喁喁絮语，有时也能令人忍俊不禁。

六朝人喜欢服五石散，服下去之后五内如焚，浑身发热，必须散步以资宣泄。到唐朝时犹有这种风气。元稹诗"行药步墙阴"，陆龟蒙诗"更拟结茅临水次，偶因行药到村前"。所谓行药，就是服药后的散步。这种散步，我想是不舒服的。肚里面有丹砂雄黄白矾之类的东西作怪，必须脚步加快，步出一身大汗，方得畅快。我所谓的散步不这样的紧张，遇到天寒风大，可以缩颈急行，否则亦不妨迈方步，缓缓而行。培根有言："散步利胃。"我的胃口已经太好，不可再利，所以我从不跰跰地趱路。六朝人所谓"风神萧散，望之如神仙中人"，一定不是在行药时的写照。

散步时总得携带一根手杖，手里才觉得不闲得慌。山水画里的人物，凡是跋山涉水的总免不了要有一根邛杖，否则好像是摆不稳当似的。王维诗："策杖村西日斜。"村东日出时也是一样的需要策杖。一杖在手，无需舞动，拖曳就可以了。我的一根手杖，因为在地面摩擦的关系，已较当初短了寸余。手杖有时亦可作为武器，聊备不时之需，因为在街上散步者不仅是人，还有狗。不是夹着尾巴的丧家之狗，也不是循循然汪汪叫的土生土长的狗，而是那种雄赳赳的横眉竖眼张口伸舌的巨獒，气咻咻地迎面而来，后面还跟着骑脚踏车的扈从，这时节我只得一面退避三舍，一面加力握紧我手里的竹杖。那狗脖子上挂着牌子，当然是纳过税的，还可能是系出名门，自然也有权利出来散步。还好，此外尚未遇见过别的什么猛兽。唐慈藏大师"独静行禅，不避虎兕"，我只有自惭定力不够。

散步不需要伴侣，东望西望没人管，快步慢步由你说，这不但是自由，而且只有在这种时候才特别容易领略到"前不见古人，后不见来者"那种"分段苦"的味道。天覆地载，孑然一身。事实上街道上也不是绝对的阒无一人，策杖而行的不只我一个，而且经常的有很熟的面孔准时准地地出现，还有三五成群的小姑娘，老远的就送来木屐声。天长日久，面孔都熟了，但是谁也不理谁。在外国的小都市，你清早出门，一路上打扫台阶的老太婆总要对你搭讪一两句话，要是在郊外山上，任何人都要彼此脱帽招呼。他们不嫌多事。我有时候发现，一个形容枯槁的老者忽然不见他在街道散步了，第二天也不见，第三天也不见，我真不敢猜想他是到哪里去了。

太阳一出山，把人影照得好长，这时候就该往回走。再晚一点便要看到穿蓝条睡衣睡裤的女人们在街上或是河沟里倒垃圾，或者是捧出红泥小火炉在路边呼呼地扇起来，弄得烟气腾腾。尤其是，风驰电掣的现代交通工具也要像是猛虎出柙一般地露面了，行人总以回避为宜。所以，散步一定要在清晨，白居易诗："晚来天气好，散步中门前。"要知道白居易住的地方是伊阙，是香山，和我们住的地方不一样。

洗　澡

　　谁没有洗过澡！生下来第三天，就有"洗儿会"，热腾腾的一盆香汤，还有果子彩钱，亲朋围绕着看你洗澡。"洗三"的滋味如何，没有人能够记得。被杨贵妃用锦绣大襁褓裹起来的安禄山也许能体会一点点"洗三"的滋味，不过我想当时禄儿必定别有心事在。

　　稍为长大一点，被母亲按在盆里洗澡永远是终身不忘的经验。越怕肥皂水流进眼里，肥皂水越爱往眼角里钻。胳肢窝怕痒，两肋也怕痒，脖子底下尤其怕痒，如果咯咯大笑把身子弄成扭股糖似的，就会顺手一巴掌没头没脸地拍了下来，有时候还真有一点痛。

　　成年之后，应该知道澡雪垢滓乃人生一乐，但亦不尽然。我读中学的时候，学校有洗澡的设备，虽是因陋就简，冷热水却甚充分。但是学校仍须严格规定，至少每三天必须洗澡一次。这规定比起汉律"吏五日得一休沐"意义大不相同。五日一休沐，是放假一天，沐不沐还不是在你自己。学校规定三日一洗澡是强迫性的，而且还有惩罚的办法，洗澡室备有签到簿，三次不洗澡者公布名单，仍不悛悔者则指定时间派员监视强制执行。以我所知，不洗澡而签名者大有人在，俨如伪造文书；从未见有名单公布，更未见有人在众目睽睽之下袒裼裸裎，法令徒成具文。

我们中国人一向是把洗澡当作一件大事的。自古就有沐浴而朝，斋戒沐浴以祀上帝的说法。曾点的生平快事是"浴于沂"。唯因其为大事，似乎未能视为日常生活的一部分。到了唐朝，还有人"居丧毁慕，三年不澡沐"。晋朝的王猛扪虱而谈，更是经常不洗澡的明证。白居易诗"今朝一澡濯，衰瘦颇有余"，洗一回澡居然有诗以纪之的价值。

旧式人家，尽管是深宅大院，很少有特辟浴室的。一只大木盆，能蹲踞其中，把浴汤泼溅满地，便可以称心如意了。在北平，街上有的是"金鸡未唱汤先热，红日东升客满堂"的澡堂，也有所谓高级一些的如"西升平"，但是很多人都不敢问津，倒不一定是如米芾之"好洁成癖至不与人同巾器"，也不是怕进去被人偷走了裤子，实在是因为医药费用太大。"早晨皮包水，晚上水包皮"，怕的是水不仅包皮，还可能一有点什么东西进入皮里面去。明知道有些城市的澡堂里面可以搓澡，敲背，捏足，修脚，理发，吃东西，高枕而眠，甚而至于不仅是高枕而眠，一律都非常方便，有些胆小的人还是望望然去之，宁可回到家里去蹲踞在那一只大木盆里将就将就。

近代的家庭洗澡间当然是令人称便，可惜颇有"西化"之嫌，非我国之所固有。不过我们也无需过于自馁，西洋人之早雨浴晚雨浴一天（潋）洗两回，也只是很晚近的事。罗马皇帝喀拉凯拉之广造宏丽的公共浴室容纳1.6万人同时入浴，那只是历史上的美谈。那些浴室早已由于蛮人入侵而沦为废墟，早期基督教的禁欲趋向又把沐浴的美德破坏无遗。在中古期间的僧侣是不大注意他们的肉体上的清洁的。"与其澡于水，宁澡于德"（傅玄澡盘铭）大概是他们所信奉的道理。欧洲近代的修女学校还留有一些中古遗风，女生们隔两个星期才能洗澡一次，而且在洗的时候还要携带一件长达膝部以下的长袍作为浴衣，脱衣服的时候还有一套特殊技术，不可使自己看到自己的身体！英国维多利亚时代之"星期六晚的洗澡"是一般人民经常有的生活项目之一。平常的日子大概都是"不宜沐浴"。

我国的佛教僧侣也有关于沐浴的规定，请看"百丈清规，六"："展浴袱取出浴具于一边，解上衣，未卸直裰，先脱下面裙裳，以脚布围身，方可系浴裙，将裈裤卷折纳袱内。"虽未明言隔多久洗一次，看那脱衣层次规定之严，其用心与中古基督教会殆异曲同工。

在某些情形之下裸体运动是有其必要的，洗澡即其一也。在短短一段时间内，在一个适当的地方，即使于洗濯之余观赏一下原来属于自己的肉体，亦无伤大雅。若说赤身裸体便是邪恶，那么衣冠禽兽又好在哪里？

礼（儒行云）："儒有澡身而浴德"。我看人的身与心应该都保持清洁，而且并行不悖。

讲 价

韩康采药名山，卖于长安市，三十余年，口不二价。这并不是说三十余年物价没有波动，这是说他三十余年没有撒过一次谎，就凭这一点怪脾气他的大名便入了后汉书的《逸民列传》。这并不证明买卖东西无需讲价是我们古已有之的固有道德，这只证明自古以来买卖东西就得要价还价，出了一位韩康，便是人瑞，便可以名垂青史了。韩康不但在历史上留下了佳话，在当时也是颇为著名的。一个女子向他买药，他守价不移，硬是没得少，女子大怒，说："难道你是韩康，一个钱没得少？"韩康本欲避名，现在小女子都知道他的大名，吓得披发入山。卖东西不讲价，自古以来，是多么难得！我们还不要忘记韩康"家世著姓"，本不是商人，如果是个"逐什一之利"的，有机会能得什二什三时岂不更妙？

从前有些店铺讲究货真价实，"言不二价""童叟无欺"的金字招牌偶然还可以很骄傲地悬挂起来，不必大减价雇吹鼓手，主顾自然上门。这种事似乎渐渐少了。童叟根本也不见得好欺侮，而且买卖大半是流动的，无所谓主顾，不讲价还是不过瘾，不七折八扣显着买卖不和气，交易一成买者就又会觉得上当。在尔虞我诈的情形之下，讲价便成为交易的必经阶段，反正是"漫天要价，就地还钱"。看看谁有本事谁讨便宜。

我买东西很少的时候能不比别人的贵。世界上有一种人，喜欢到人家里面调查物价，看看你家里有什么东西都要打听一下是用什么价钱买的，除非你在每一事物上都粘上一个纸签标明价格，否则将不胜其啰唆。最扫兴的是，我已经把真的价钱瞒起，自欺欺人地只说了一半的价钱来搪塞他，他有时还会把头摇得像个"拨浪鼓"似的，表示你上了弥天的大当！我承认，有些人是特别的善于讲价，他有政治家的脸皮，外交家的嘴巴，杀人的胆量，钓鱼的耐心，坚如铁石，韧似牛皮，所以他能压倒那待价而沽的商人。我曾虚心请教，大概归纳起来讲价的艺术不外下列诸端：

第一，要不动声色。进得店来，看准了他没有什么你就要什么，使得他显着寒碜，先有几分惭愧。然后无精打采地道出你所真心要买的东西，伙计于气馁之余，自然欢天喜地地捧出他的货色，价钱根本不会太高。如果偶然发现一项心爱的东西，也不可失声大叫，如获异宝，必要行若无事，淡然处之，于打听许多种物价之后，随意问询及之，否则你打草惊蛇，他便奇货可居了。

第二，要无情地批评。甘瓜苦蒂，天下物无全美。你把货物捧在手里，不忙鉴赏，先求其疵谬之所在，不厌其详地批评一番，尽量地道出它的缺点。有些物事，本是无懈可击的，但是"嗜好不能争辩"，你这东西是红的，我偏喜欢白的，你这东西是大的，我偏喜欢小的。总之，是要把东西褒贬得一文不值缺点百出，这时候伙计的脸上也许要一块红一块白的不大好看，但是他的心里软了，价钱上自然有了商量的余地，我在委曲迁就的情形之下来买东西，你在价钱上还能不让步么？

第三，要狠心还价。先假设，自从韩康入山之后每个商人都是说谎的。不管价钱多高，拦腰一砍。这需要一点胆量，要狠得下心，说得出口，要准备看一副嘴脸。人的脸是最容易变的，用不了多少钱，那副愁云惨雾的苦脸立刻开霁，露出一缕春风。但这是最紧要的时候，这是耐心的比赛，谁性急谁失败，他一文一文地减，你就一文一文地加。

第四，要有反顾的勇气，交易实在不成，只好掉头而去，也许走不了好远，他会请你回来，如果他不请你回来，你自己要有回来的勇气，不能负气，不能讲究"义不反顾，计不旋踵。"讲价到了这个地步，也就山穷水尽了。

这一套讲价的秘诀，知易行难，所以我始终未能运用。我怕费工夫，我怕伤和气，如果我粗脖子红脸，我身体受伤，如果他粗脖子红脸，我精神上难过，我聊以解嘲的方法是记起郑板桥爱写的那四个大字："难得糊涂。"

《淮南子》明明地记载着："东方有君子之国。"但是我在地图上却找不到。《山海经》里也记载着："君子国衣冠带剑，其人好让不争。"但只有《镜花缘》给君子国透露了一点消息。买物的人说："老兄如此高货，却讨恁般贱价，教小弟买去，如何能安？务求将价加增，方好遵教。若再过谦，那是有意不肯赏光交易了。"卖物的人说："既承照顾，敢不仰体？但适才妄讨大价，已觉厚颜，不意老兄反说货高价贱，岂不更教小弟惭愧？况敝货并非'言无二价'，其中颇有虚头。"照这样讲来，君子国交易并非言无二价，他还是要讲价的，他并非不争，也还有要费口舌唾液的。什么样的国家，才能买东西不讲价呢？我想与其讲价而为对方争利，不如讲价而为自己争利，比较的合于人类本能。

有人传授给我在街头雇车的秘诀：街头孤零零的一辆车，车夫红光满面鼓腹而游的样子，切莫睬他；如果三五成群鸠形鹄面，你一声吆喝便会蜂拥而来，竞相延揽，车价会特别低廉。在这里我们发现人性的一面——残忍。

送　行

　　"黯然销魂者，别而已矣。"遥想古人送别，也是一种雅人深致。古时交通不便，一去不知多久，再见不知何年，所以南浦唱支骊歌，灞桥折条杨柳，甚至在阳关敬一杯酒，都有意味。李白的船刚要启碇，汪伦老远的在岸上踏歌而来，那副情景真是历历如在目前。其妙处在于纯朴真挚，出之以潇洒自然。平素莫逆于心，临别难分难舍。如果平常我看着你面目可憎，你觉着我语言无味，一旦远离，那是最好不过，只恨世界太小，惟恐将来又要碰头，何必送行？

　　在现代人的生活里，送行是和拜寿送殡等等一样的成为应酬的礼节之一。"揪着公鸡尾巴"起个大早，迷迷糊糊地赶到车站码头，挤在乱哄哄人群里面，找到你的对象，扯几句淡话，好容易耗到汽笛一叫，然后鸟兽散，吐一口轻松气，噘着大嘴回家。这叫做周到。在被送的那一方面，觉得热闹，人缘好，没白混，而且体面，有这么多人舍不得我走，斜眼看着旁边的没人送的旅客，相形之下，尤其容易起一种优越之感，不禁精神抖擞，恨不得对每一个送行的人要握八次手，道十回谢。死人出殡，都讲究要有多少亲友执绋，表示恋恋不舍，何况活人？行色不可不壮。

　　悄然而行似是不大舒服，如果别的旅客在你身旁耀武扬威地与送行的话别，那会增加旅中的寂寞。这种情形，中外皆然。Max Beerbohm写过一篇《谈送行》，他说他在车站上遇见一位以演剧为业的老朋友在送一位女客，始而喁喁情话，俄而泪湿双颊，终乃汽笛一声，勉强抑止哽咽，向女郎频频挥手，目送良久而别。原来这位演员是在作戏，他并不认识那位女郎，他是属于"送行会"的一个职员，凡是旅客孤身在外而愿有人到站相送的，都可以到"送行会"去雇人来送。这位演员出身的人当然是送行的高手，他能放进感情，表演逼真。客人纳费无多，在精神上受惠不浅。尤其是美国旅客，用金钱在国外可以购买一切，如果"送行会"真的普遍设立起来，送行的人也不虞缺乏了。

　　送行既是人生中所不可少的一桩事，送行的技术也便不可不注意到。如果送行只限于到车站码头报到，握手而别，那么问题就简单，但是我们中国的一切礼节都把"吃"列为最重要的一个项目。一个朋友远别，生怕他饿着走，饯行是不可少的，恨不得把若干天的营养都一次囤积在他肚里。我想任何人都有这种经验，如有远行而消息外露（多半还是自己宣扬），他有理由期望着饯行的帖子纷至沓来，短期间家里可以不必开伙。还有些思虑更周到的人，把食物携在手上，亲自送到车上船上，好像是你在半路上会要挨饿的样子。

我永远不能忘记最悲惨的一幕送行。一个严寒的冬夜，车站上并不热闹，客人和送客的人大都在车厢里取暖，但是在长得没有止境的月台上却有黑查查的一堆送行的人，有的围着斗篷，有的戴着风帽，有的脚尖在洋灰地上敲鼓似的乱动，我走近一看全是熟人，都是来送一位太太的。车快开了，不见她的踪影，原来在这一晚她还有几处饯行的宴会。在最后的一分钟，她来了。送行的人们觉得是在接一个人，不是在送一个人，一见她来到大家都表示喜欢，所有惜别之意都来不及表现了。她手上抱着一个孩子，吓得直哭，另一只手扯着一个孩子，连跑带拖，她的头发蓬松着，嘴里喷着热气像是冬天载重的骡子，她顾不得和送行的人周旋，三步两步地就跳上了车。这时候车已在蠕动。送行的人大部分都手里提着一点东西，无法交付，可巧我站在离车门最近的地方，大家把礼物都交给了我，"请您偏劳给送上去罢！"我好像是一个圣诞老人，抱着一大堆礼物，我一个箭步蹿上了车，我来不及致辞，把东西往她身上一扔，回头就走，从车上跳下来的时候，打了几个转才立定脚跟。事后我接到她一封信，她说：

"那些送行的都是谁？你丢给我那一堆东西，到底是谁送的？我在车上整理了好半天，才把那堆东西聚拢起来打成一个大包袱。朋友们的盛情算是给我添了一件行李。我愿意知道哪一件东西是哪一位送的，你既是代表送上车的，你当然知道，盼速见告。

计 开

水果三筐，泰康罐头四个，果露两瓶，蜜饯四盒，饼干四罐，豆腐乳四罐，蛋糕四盒，西点八盒，纸烟八听，信纸信封一匣，丝袜两双，香水一瓶，烟灰碟一套，小钟一具，衣料两块，酱菜四篓，绣花拖鞋一双，大面包四个，咖啡一听，小宝剑两把……"

这问题我无法答复，至今是个悬案。

我不愿送人，亦不愿人送我，对于自己真正舍不得离开的人，离别的那一刹那像是开刀，凡是开刀的场合照例是应该先用麻醉剂，使病人在迷蒙中度过那场痛苦，所以离别的苦痛最好避免。一个朋友说，"你走，我不送你，你来，无论多大风多大雨，我要去接你。"我最赏识那种心情。

旅 行

我们中国人是最怕旅行的一个民族。闹饥荒的时候都不肯轻易逃荒，宁愿在家乡吃青草啃树皮吞观音土，生怕离乡背井之后，在旅行中流为饿殍，失掉最后的权益——寿终正寝。至于席丰履厚的人更不愿轻举妄动，墙上挂一张图画，看看就可以当"卧游"，所谓"一动不如一静"。说穿了"太阳下没有新鲜事物"。号称山川形胜，还不是几堆石头一汪子水？我记得做小学生的时候，郊外踏青，是一桩心跳的事，多早就筹备，起个大早，排成队伍，擎着校旗，鼓乐前导，事后下星期还得作一篇"远足记"，才算功德圆满。旅行一次是如此的庄严！我的外祖母，一生住在杭州城内，80多岁，没有逛过一次西湖，最后总算去了一次，但是自己不能行走，抬到了西湖，就没有再回来——葬在湖边山上。

古人云，"一生能着几两屐？"这是劝人及时行乐，莫怕多费几双鞋。但是旅行果然是一桩乐事吗？其中是否含着有多少苦恼的成分呢？

出门要带行李，那一个几十斤重的五花大绑的铺盖卷儿便是旅行者的第一道难关。要捆得紧，要捆得俏，要四四方方，要见棱见角，与稀松露馅的大包袱要迥异其趣，这已经就不是一个手无缚鸡之力的人所能胜任的了。关卡上偏有好奇人要打开看看，看完之后便很难得再复原。"乘兴而来，兴尽而返。"很多人在打完铺盖卷儿之后就觉得游兴已尽了。在某些国度里，旅行是不需要携带铺盖的，好像凡是有床的地方就有被褥，有被褥的地方就有随时洗换的被单，——旅客可以无牵无挂，不必像蜗牛似的顶着安身的家伙走路。携带铺盖究竟还容易办得到，但是没听说过带着床旅行的，天下的床很少没有臭虫设备的。我很怀疑一个人于整夜输血之后，第二天还有多少精神游山逛水。我有一个朋友发明了一种服装，按着他的头躯四肢的尺寸做了一件天衣无缝的睡衣，人钻在睡衣里面，只留眼前两个窟窿，和外界完全隔绝，——只是那样子有些像是KKK，夜晚出来曾经几乎吓死一个人！

原始的交通工具，并不足为旅客之苦。我觉得"滑竿""架子车"都比飞机有趣。"御风而行，泠然善也"，那是神仙生涯。在尘世旅行，还是以脚能着地为原则。我们要看朵朵的白云，但并不想在云隙里钻出钻进；我们要"横看成岭侧成峰，远近高低各不同"。但并不想把世界缩小成假山石一般玩物似的来欣赏。我惋惜米尔顿所称述的中土有"挂帆之车"尚不曾坐过。交通工具之原始不是病，病在于舟车之不易得，车夫舟子之不易缠，"衣帽自看"固不待言，还要提防青纱帐起。刘伶"死便埋我"，也不是准备横死。

旅行虽然夹杂着苦恼，究竟有很大的乐趣在。旅行是一种逃避，——逃避人间的丑恶。"大隐藏人海"，我们不是大隐，在人海里藏不住。岂但人海里安不得身？在家园也不容易遁迹。成年地圈在四合房里，不必仰屋就要兴叹；成年地看着家里的那一张脸，不必牛衣也要对泣。家里面所能看见的那一块青天，只有那么一大块。取之不尽用之不竭的清风明月，在家里都不能充分享用，要放风筝需要举着竹竿爬上房脊，要看日升月落需要左右邻居没有遮拦。走在街上，熙熙攘攘，磕头碰脑的不是人面兽，就是可怜虫。在这种情形之下，我们虽无勇气披发入山，至少为什么不带着一把牙刷捆起铺盖出去旅行几天呢？在旅行中，少不了风吹雨打，然后倦飞知还，觉得"在家千日好，出门一时难"。这样便可以把那不可容忍的家变成为暂时可以容忍的了。下次忍耐不住的时候，再出去旅行一次。如此地折腾几回，这一生也就差不多了。

旅行中没有不感觉枯寂的，枯寂也是一种趣味。哈兹利特主张在旅行时不要伴侣，因为："如果你说路那边的一片豆田有股香味，你的伴侣也许闻不见。如果你指着远处的一件东西，你的伴侣也许是近视的，还得戴上眼镜看。"一个不合意的伴侣，当然是累赘。但是人是个奇怪的动物，人太多了嫌闹，没人陪着嫌闷。耳边嘈杂怕吵，整天咕嘟着嘴又怕口臭。旅行是享受清福的时候，但是也还想拉上个伴。只有神仙和野兽才受得住孤独。在社会里我们觉得面目可憎、语言无味的人居多，避之惟恐或晚，在大自然里又觉得人与人之间是亲切的。到美国落矶山上旅行过的人告诉我，在山上若是遇见另一个旅客，不分男女老幼，一律脱帽招呼，寒暄一两句。这是很有意味的一个习惯。大概只有在旷野里我们才容易感觉到人与人是属于一门一类的动物，平常我们太注意人与人的差别了。

　　真正理想的伴侣是不易得的，客厅里的好朋友不见得即是旅行的好伴侣，理想的伴侣须具备许多条件，不能太脏，如嵇叔夜"头面常一月十五日不洗，不太闷痒不能沐"，也不能有洁癖，什么东西都要用火酒揩，不能如泥塑木雕，如死鱼之不张嘴，也不能终日喋喋不休，整夜鼾声不已，不能油头滑脑，也不能蠢头呆脑，要有说有笑，有动有静，静时能一声不响地陪着你看行云，听夜雨，动时能在草地上打滚像一条活鱼！这样的伴侣哪里去找？

喝　茶

　　我不善品茶，不通茶经，更不懂什么茶道，从无两腋之下习习生风的经验。但是，数十年来，喝过不少茶，北平的双窨、天津的大叶、西湖的龙井、六安的瓜片、四川的沱茶、云南的普洱、洞庭湖的君山茶、武夷山的岩茶，甚至不登大雅之堂的茶叶梗与满天星随壶净的高末儿，都尝试过。茶是我们中国人的饮料，口干解渴，惟茶是尚。茶字，形近于茶，声近于槚，来源甚古，流传海外，凡是有中国人的地方就有茶。人无贵贱，谁都有分，上焉者细啜名种，下焉者牛饮茶汤，甚至路边埂畔还有人奉茶。北人早起，路上相逢，辄问讯："喝茶未？"茶是开门七件事之一，乃人生必需品。

　　孩提时，屋里有一把大茶壶，坐在一个有棉衬垫的藤箱里，相当保温，要喝茶自己斟。我们用的是绿豆碗，这种碗大号的是饭碗，小号的是茶碗，作绿豆色，粗糙耐用，当然和宋瓷不能比，和江西瓷不能比，和洋瓷也不能比，可是有一股朴实厚重的风貌，现在这种碗早已绝迹，我很怀念。这种碗打破了不值几文钱，脑勺子上也不至于挨巴掌。银托白瓷小盖碗是祖父母专用的，我们看着并不羡慕。看那小小的一盏，两口就喝光，泡两三回就得换茶叶；多麻烦。如今盖碗很少见了，除非是到台北故宫博物院拜会蒋院长，他那大客厅里总是会端出盖碗茶敬客。再不就是在电视剧中也常看见有盖碗茶，可是演员一手执盖一手执碗缩着脖子啜茶那副狼狈相，令人发噱，因为他不知道喝盖碗茶应该是怎样的喝法。他平素自己喝茶大概一直是用玻璃杯、保温杯之类。如今，我们此地见到的盖碗，多半是近年来本地制造的"万寿无疆"的那种样式，瓷厚了一些；日本制的盖碗，样式微有不同，总觉得有些怪怪的。近有人回大陆，顺便探视我的旧居，带来我30多年前天天使用的一只瓷盖碗，原是十二套，只剩此一套了，碗沿还有一点磕损，睹此旧物，勾起往日的心情，不禁黯然。盖碗究竟是最好的茶具。

茶叶品种繁多，各有擅场。有友来自徽州，同学清华，徽州产茶胜地，但是他看到我用一撮茶叶放在壶里沏茶，表示惊讶，因为他只知道茶叶是烘干打包捆载上船沿江运到沪杭求售，剩下来的茶梗才是家人饮用之物。恰如北人所谓"卖席的睡凉炕"。我平素喝茶，不是香片就是龙井，多次到大栅栏东鸿记或西鸿记去买茶叶，在柜台前面一站，徒弟搬来凳子让坐，看伙计称茶叶，分成若干小包，包得见棱见角，那份手艺只有药铺伙计可以媲美。茉莉花窨过的茶叶，临卖的时候再抓一把鲜茉莉花放在表面上，所以叫做双窨。于是茶店里经常是茶香花香，郁郁菲菲。父执有名玉贵者，旗人，精于饮馔，居恒以一半香片一半龙井混合沏之，有香片之浓馥，兼龙井之苦清。吾家效而行之，无不称善。茶以人名，乃径呼此茶为"玉贵"，私家秘传，外人无由得知。

其实，清茶最为风雅。抗战前造访知堂老人于苦茶庵，主客相对总是有清茶一盅，淡淡的、涩涩的、绿绿的。我曾屡侍先君游西子湖，从不忘记品尝当地的龙井，不需要攀登南高峰风篁岭，近处平湖秋月就有上好的龙井茶，开水现冲，风味绝佳。茶后进藕粉一碗，四美具矣。正是"穿牖而来，夏日清风冬日日；卷帘相见，前山明月后山山"。（骆成骧联）有朋自六安来，贻我瓜片少许，叶大而绿，饮之有荒野的气息扑鼻。其中西瓜茶一种，真有西瓜风味。我曾过洞庭，舟泊岳阳楼下，购得君山茶一盒。沸水沏之，每片茶叶均如针状直立漂浮，良久始舒展下沉，味品清香不俗。

初来台湾，粗茶淡饭，颇想倾阮囊之所有在饮茶一端偶作豪华之享受。一日过某茶店，索上好龙井，店主将我上下打量，取八元一斤之茶叶以应，余示不满，乃更以12元者奉上，余仍不满，店主勃然色变，厉声曰："买东西，看货色，不能专以价钱定上下。提高价格，自欺欺人耳！先生奈何不察？"我爱其戆直。现在此茶店门庭若市，已成为业中之翘楚。此后我饮茶，但论品味，不问价钱。

茶之以浓酽胜者莫过于工夫茶。《潮嘉风月记》说工夫茶要细炭初沸连壶带碗泼浇，斟而细呷之，气味芳烈，较嚼梅花更为清绝。我没嚼过梅花，不过我旅居青岛时有一位潮州澄海朋友，每次聚饮酩酊，辄相偕走访一潮州帮巨商于其店肆。肆后有密室，烟具、茶具均极考究，小壶小盅有如玩具。更有娈婉卯童伺候煮茶、烧烟，因此经常饱吃工夫茶，诸如铁观音、大红袍，吃了之后还携带几匣回家。不知是否故弄玄虚，谓炉火与茶具相距以七步为度，沸水之温度方合标准。与小盅而饮之，若饮罢径自返盅于盘，则主人不悦，须举盅至鼻头猛嗅两下。这茶最有解酒之功，如嚼橄榄，舌根微涩，数巡之后，好像是越喝越渴，欲罢不能。喝工夫茶，要有工夫，细呷细品，要有设备，要人服侍，如今乱糟糟的社会里谁有那么多的工夫？红泥小火炉哪里去找？伺候茶汤的人更无论矣。普洱茶，漆黑一团，据说也有绿色者，泡烹出来黑不溜秋，粤人喜之。在北平，我只在正阳楼看人吃烤肉，吃得口滑肚子膨亨不得动弹，才高呼堂倌泡普洱茶。四川的沱茶亦不恶，惟一般茶馆应市者非上品。台湾的乌龙，名震中外，大量生产，佳者不易得。处处标榜冻顶，事实上哪里有那么多的冻顶？

喝茶，喝好茶，往事如烟。提起喝茶的艺术，现在好像谈不到了，不提也罢。

饮　酒

　　酒实在是妙。几杯落肚之后就会觉得飘飘然、醺醺然。平素道貌岸然的人，也会绽出笑脸；一向沉默寡言的人，也会议论风生。再灌下几杯之后，所有的苦闷烦恼全都忘了，酒酣耳热，只觉得意气飞扬，不可一世，若不及时知止，可就难免玉山颓欹，剔吐纵横，甚至撒疯骂座，以及种种的酒失酒过全部地呈现出来。莎士比亚的《暴风雨》里的卡力班，那个象征原始人的怪物，初尝酒味，觉得妙不可言，以为把酒给他喝的那个人是自天而降，以为酒是甘露琼浆，不是人间所有物。美洲印第安人初与白人接触，就是被酒所倾倒，往往不惜举土地界人以交换一些酒浆。印第安人的衰灭，至少一部分是由于他们的荒腆于酒。

　　我们中国人饮酒，历史久远。发明酒者，一说是仪狄，又说是杜康。仪狄夏朝人，杜康周朝人，相距很远，总之是无可稽考。也许制酿的原料不同，方法不同，所以仪狄的酒未必就是杜康的酒。尚书有《酒诰》之篇，谆谆以酒为戒，一再地说"祀兹酒"（停止这样的喝酒），"无彝酒"（勿常饮酒），想见古人饮酒早已相习成风，而且到了"大乱丧德"的地步。

三代以上的事多不可考，不过从汉起就有酒榷之说，以后各代因之，都是课税以裕国帑，并没有寓禁于征的意思。酒很难禁绝，美国1920年起实施酒禁，雷厉风行，依然到处都有酒喝。当时笔者道出纽约，有一天友人邀我食于某中国餐馆，入门直趋后室，索五加皮，开怀畅饮。忽警察闯入，友人止予勿惊。这位警察徐徐就座，解手枪，锵然置于桌上，索五加皮独酌，不久即伏案酣睡。1933年酒禁废，直如一场儿戏。民之所好，非政令所能强制。在我们中国，汉萧何造律："三人以上无故群饮，罚金四两。"此律不曾彻底实行。事实上，酒楼妓馆处处笙歌，无时不飞觞醉月。文人雅士水边修禊，山上登高，一向离不开酒。名士风流，以为持螯把酒，便足了一生，甚至于酗饮无度，扬言"死便埋我"，好像大量饮酒不是什么不很体面的事，真所谓"酗于酒德"。

对于酒，我有过多年的体验。第一次醉是在6岁的时候，侍先君饭于致美斋（北平煤市街路西）楼上雅座，窗外有一棵不知名的大叶树，随时簌簌作响，连喝几盅之后，微有醉意，先君禁我再喝，我一声不响站立在椅子上舀了一匙高汤，泼在他的一件两截衫上。随后我就倒在旁边的小木炕上呼呼大睡，回家之后才醒。我的父母都喜欢酒，所以我一直都有喝酒的机会。"酒有别肠，不必长大"，语见《十国春秋》，意思是说酒量的大小与身体的大小不必成正比例，壮健者未必能饮，瘦小者也许能鲸吸。我小时候就是瘦弱如一根绿豆芽。酒量是可以慢慢磨炼出来的，不过有其极限。我的酒量不大，我也没有亲见过一般人所艳称的那种所谓海量。古代传说"文王饮酒千钟，孔子百觚"，王充论《衡·语增篇》就大加驳斥，他说："文王之身如防风之君，孔子之体如长狄之人，乃能堪之。"且"文王孔子率礼之人也"，何至于醉酗乱身？就我孤陋的见闻所及，无论是"青州从事"或"平原督邮"，大抵白酒一斤或黄酒三五斤即足以令任何人头昏目眩粘牙倒齿。惟酒无量，以不及于乱为度，看各人自制力如何耳。不为酒困，便是高手。

酒不能解忧，只是令人在由兴奋到麻醉的过程中暂时忘怀一切。即刘伶所谓"无思无虑，其乐陶陶"。可是酒醒之后，所谓"忧心如醒"，那份病酒的滋味很不好受，所付代价也不算小。我在青岛居住的时候，那地方背山面海，风景如绘，在很多人心目中是最理想的卜居之所，惟一缺憾是很少文化背景，没有古迹耐人寻味，也没有适当的娱乐。看山观海，久了也会腻烦，于是呼朋聚饮，三日一小饮，五日一大宴，划拳行令，三十斤花雕一坛，一夕而罄。七名酒徒加上一位女史，正好八仙之数，乃自命为酒中八仙。有时且结伙远征，近则济南，远则南京、北京，不自谦抑，狂言"酒压胶济一带，拳打南北二京"，高自期许，俨然豪气干云的样子。当时作践了身体，这笔账日后要算。一日，胡适之先生过青岛小憩，在宴席上看到八仙过海的盛况大吃一惊，急忙取出他太太给他的一个金戒指，上面镌有"戒"字，戴在手上，表示免战。过后不久，胡先生就写信给我说："看你们喝酒的样子，就知道青岛不宜久居，还是到北京来吧！"我就到北京去了。现在回想当年酗酒，哪里算得是勇，直是狂。

酒能削弱人的自制力，所以有人酒后狂笑不止，也有人痛哭不已，更有人口吐洋语滔滔不绝，也许会把平素不敢告人之事吐露一二，甚至把别人的阴私也当众抖搂出来。最令人难堪的是强人饮酒，或单挑，或围剿，或投下井之石，千方百计要把别人灌醉，有人诉诸武力，捏着人家的鼻子灌酒！这也许是人类长久压抑下的一部分兽性之发泄，企图获取胜利的满足，比拿起石棒给人迎头一击要文明一些而已。那咄咄逼人的声嘶力竭的划拳，在赢拳的时候，那一声拖长了的绝叫，也是表示内心的一种满足。在别处得不到满足，就让他们在聚饮的时候如愿以偿吧！只是这种闹饮，以在有隔音设备的房间里举行为宜，免得侵扰他人。

《菜根谭》所谓"花看半开，酒饮微醺"的趣味，才是最令人低回的境界。

饮膳正要

我们中国旧书专门讲究饮食一道的恐怕是以《饮膳正要》为最早的一部。此书作者是元朝的一位"饮膳太医",名忽思慧,书成于天历三年。按天历是元文宗的年号,文宗在位五年,天历三年是西历1330年,距今已650余年。作者姓名据四部丛刊影印本(张元济跋谓为明景泰间重刻本)是忽思慧,《四库提要》作和斯辉,字不同而音近,显然是译音,作者必是蒙古人。《四库提要》作和斯辉,必是根据另一版本。皕宋楼与铁琴铜剑楼藏本均属明刻,事实上此书传本极稀,世面流通多为抄本,作者译名有异亦不足奇。所谓饮膳太医是元朝的官名,元世祖时设掌饮膳太医四人,忽思慧乃四人中之一。他的进书奏云:

> 臣思慧自延祐年间选充饮膳之职,于兹有年,久叨天禄,退思无以补报,敢不竭尽忠诚以答洪恩之万一。是以日有余闲,与赵国公臣普兰奚将累朝亲侍进用奇珍异馔、汤膏煎造,及诸家本草、名医方术,并日所必用谷肉果菜,取其性味补益者,集成一书,名曰《饮膳正要》,分

为三卷。本草有未收者今即采摭附写。伏望陛下恕其狂妄，察其愚忠，以燕闲之际鉴先圣之保摄，顺当时之气候，弃虚取实，期以获安，则圣寿跻于无疆，而四海咸蒙其德泽矣。谨献所述饮膳正要一集以闻，伏乞圣览，下情不胜战栗激切屏营之至。

这本书是给皇帝看的，据虞集序言，皇帝看了之后"命中院使臣拜住刻梓而广传之。兹举也，益欲推一人之安而使天下之人举安，推一人之寿而使天下之人皆寿，恩泽之厚岂有加于此者哉？"虞集非劣，世称邵庵先生，学问博洽，词章典雅，而奉命撰序也只能摭拾浮言歌功颂德一番而已。帝王淫威之下的词臣文士大抵都有此一副可怜相。

此书号称三卷，其实薄薄一册，166页，页10行，行20字。卷一讲的是诸般避忌，聚珍异馔。卷二讲的是诸般汤煎，诸水，神仙服饵，食疗诸病以及食物相反中毒等。卷三讲的是米谷品，兽品，禽品，鱼品，果菜品，料物。

关于养生避忌，有不少无稽之谈，例如："夫上古之人其知道者，法于阴阳，和于术数，饮食有节，起居有常，不妄作劳，故能而寿。今时之人不然也……故半百衰者多矣。"这是向往黄金时代的臆想。还有许多可笑的避忌，例如"勿向西北大小便"，"勿燃灯房事"，"口勿吹灯火，损气"，"立秋日不可澡浴"等等。但是也有许多很正确的见解，如"先饥而食，食勿令饱；先渴而饮，饮勿令过，食欲数而少，不欲顿而多"，是不刊之论。再如"食讫温水漱口"，"清旦刷牙不如夜刷牙"，见解也是很摩登的。至于胎教之说，殊无根据。

所谓聚珍异馔，也是虚有其名，大抵离不开羊肉、羊心、羊肺、羊尾、羊头、羊肝、羊蹄、羊舌，可见未脱蒙古风尚。所谓的"珍味奇品，咸萃内府"，也不过是鹿、狼、熊、鲤鱼、雁，数品而已。比起后来传说中之满汉全席，珍馐百色罗列当前，犹感无下箸处，繁简之差不可以道里计矣。大概元朝享国日浅，皇帝作威作福之丑态尚未尽致发挥。

"肝生"就是羊肝生吃之谓。羊肝、生姜、萝卜、香菜、蓼子，各切细丝，用盐醋芥末调和。在杭州西湖楼外楼吃"鱼生""虾生"，有人赞为美味，原来羊肝亦可生食，有此等事！

"水晶角儿""撇列角儿""时萝角儿"，角儿疑即"饺饵"。角读如矫，故易误为饺。时萝角儿说明是"用滚水搅熟作皮"，当是今之所谓烫面饺。北方人把饺子当做上品，由来已久，皇帝的食谱上也有著录。馒头而有馅，今则谓之包子，从前似是没有分别。今亦有称包子为馒头者。

犬为六畜之一，不但可供食用，祭祀也用得着它。饮膳正要对犬肉作如是之说明："犬肉味咸温，无毒，安五脏，补绝伤，益阳道，补血脉，厚肠胃，实下焦，填精髓。"作用如是之广大！西人以食狗肉为野蛮，适见其少见多怪，国人随声附和，则数典忘祖矣。我未曾尝过狗肉，亦不想尝试之，惟谓为野蛮，则不敢赞一词。

《饮膳正要》在食谱部分，标举品名、主治、材料、作法，虽嫌简陋，但层次井然，已粗具食谱之规模。其最大缺点为饮膳与医疗混为一谈，一似某物可治某症，至少是"补中益气""生津止渴"。于是有所谓"食疗"之说。其中颇有附会可笑者，例如："鸳鸯，味咸平，有小毒，主治瘘疮，若夫妇不和者，作羹私与食之，即相爱。"卢照邻诗："得成比目何辞死，愿作鸳鸯不羡仙。"只是譬喻罢了，难道吃了鸳鸯肉便可以晨夕交颈？再如："马肉……长筋骨，强腰膝，壮健轻身"，"白马茎……令人有子"，"马心主喜忘"，都属于联想附会之说。至于神仙服食云云，更是荒诞不经，所谓"铁瓮先生琼玉膏"，服此一料可寿百岁以至三百六十岁，而且还"勿轻示人"！有时候也有一些话是近情近理，例如："五谷为食，五果为助，五肉为益，五菜为充"，语出《素问》藏气法食论，隐隐然也合于现代所谓的"平衡的膳食"之说。

读此书令人最惊异的是，我们现代的人在饮食方面有很大一部分尚流连在《饮膳正要》所代表的阶段。不见夫"秋风起矣，及时进补"的标语？三蛇羹、果子狸，以至于当归鸭、香肉，均无非是食疗食补的妙品。《饮膳正要》不是没有一点营养学的知识，只是尚在经验摸索的阶段，缺乏科学的分析与根据。

谈考试

少年读书而要考试，中年作事而要谋生，老年悠闲而要衰病，这都是人生苦事。

考试已经是苦事，而大都是在炎热的夏天举行，苦上加苦。我清晨起身，常见三面邻家都开着灯弦歌不辍；我出门散步，河畔田埂上也常见有三三两两的孩子们手不释卷。这都是一些好学之士么？也不尽然。我想其中有很大一部分是在临阵磨枪。尝闻有"读书乐"之说，而在考试之前把若干知识填进脑壳的那一段苦修，怕没有什么乐趣可言。

其实考试只是一种测验的性质，和量身高体重的意思差不多，事前无需恐惧，临事更无需张皇。考的时候，把你知道的写出来，不知道的只好阙疑，如是而已。但是考试的后果太大了。万一名在孙山之外，那一份落第的滋味好生难受，其中有惭恶，有怨恨，有沮丧，有悔恨，见了人羞答答，而偏有人当面谈论这回事。这时节，人的笑脸都好像是含着讥讽，枝头鸟啭都好像是在嘲弄，很少人能不顿觉人生乏味。其后果犹不止于此，这可能是生活上一大关键，眼看着别人春风得意，自己从此走向下坡。考试的后果太重大，所以大家都把考试看得很认真。其实考试的成绩，老早的就由自己平时读书时所决定了。

人苦于不自知。有些人根本无需去受考试的煎熬，但存一种侥幸心理，希望时来运转，一试得售。上焉者临阵磨枪，苦苦准备，中焉者揣摩试题，从中取巧，下焉者关节舞弊，浑水捞鱼。用心良苦，而希望不大。现代考试方法，相当公正，甚少侥幸可能。虽然也常闻有护航顶替之类的情形，究竟是少数的例外。如果自知仅有三五十斤的体重，根本就不必去攀到千斤大秤的钩子上去吊。冒冒然去应试，只是凑热闹，劳民伤财，为别人作垫脚石而已。

对于身受考试之苦的人，我是很同情的。考试的项目多，时间久，一关一关地闯下来，身上的红血球不知要死去多少千万。从前科举考场里，听说还有人在夜里高喊："有恩的报恩，有怨的报怨！"那一股阴森恐怖的气氛是够怕人的。真有当场昏厥、疯狂、自杀的！现代的考场光明多了，不再是鬼影幢幢，可是考场如战场，还是够紧张的。我有一位同学，最怕考数学，一看题目纸，立刻脸上变色，浑身寒战，草草考完之后便佝偻着身子回到寝室去换裤子！其神经系统所受的打击是可以想象的！

受苦难的不只是考生。主持考试的人也是在受考验。先说命题，出题目来难人，好像是最轻松不过，但亦不然。千目所视，千手所指，是不能掉以轻心的。我记得我的表弟在二十几年前投考一个北平的著名的医学院，国文题目是：《卞壶不苟时好论》，全体交了白卷。考医学院的学生，谁又读过《晋书》呢？甚至可能还把"卞壶"读作"便壶"了呢。出这题目的是谁，我不知道，他此后是否仍然心安理得地继续活下去，我亦不知道。大概出题目不能太僻，亦不能太泛。假使考留学生，作文题目是《我出国留学的计划》，固然人人都可以诌出一篇来，但很可能有人早预备好一篇成稿，这样便很难评分而不失公道。出题目而要恰如分际，不刁钻，不炫弄，不空泛，不含糊，实在很难。在考生挥汗应考之前，命题的先生早已汗流浃背好几次了。再说阅卷，那也可以说是一种灾难。真的，曾有人于接连12天阅卷之后，吐血而亡，这实在应该比照阵亡例议恤。阅卷百苦，尚有一乐，荒谬而可笑的试卷常常可以使人绝倒，四座传观，粲然皆笑，精神为之一振。我们不能不叹服，考生中真有富于想象力的奇才。最令人不愉快的卷子是字迹潦草的那一类，喻为涂鸦，还嫌太雅，简直是墨盒里的蜘蛛满纸爬！有人在宽宽的格子中写蝇头小字，也有人写一行字要占两行，有人全页涂抹，也有人曳白。像这种不规则的试卷，在饭前阅览，犹不过令人蹙眉，在饭后阅览，则不免令人恶心。

有人颇艳羡美国大学之不用入学考试。那种免试升学的办法是否适合我们的国情，是一个问题。据说考试是我们的国粹，我们中国人好像自古以来就是"考省不倦"的。考试而至于科举可谓登峰造极，三榜出身乃是唯一的正规的出路。至于今，考试仍为五权之一。考试在我们的生活当中已形成为不可少的一部分。英国的卡赖尔在他的《英雄与英雄崇拜》里曾特别指出，中国的考试制度，作为选拔人才的方法，实在太高明了。所谓政治学，其要义之一即是如何把优秀的分子选拔出来放在社会的上层。中国的考试方法，由他看来，是最聪明的方法。照例，外国人说我们的好话，听来特别顺耳，不妨引来自我陶醉一下。平心而论，考试就和选举一样，属于"必需的罪恶"一类，在想不出更好的办法之前，考试还是不可废的。我们现在所能做的，是如何改善考试的方法，要求其简化，要求其合理，不要令大家把考试看作为戕贼身心的酷刑！

听，考场上战鼓又响了，由远而近！

读　画

　　《随园诗话》："画家有读画之说，余谓画无可读者，读其诗也。"随园老人这句话是有见地的。读是读诵之意，必有文章词句然后方可读诵，画如何可读？所以读画云者，应该是读诵画中之诗。

　　诗与画是两个类型，在对象、工具、手法，各方面均不相同。但是类型的混淆，古已有之。在西洋，所谓Ut pictura poesis，"诗既如此，画亦同然"，早已成为艺术批评上的一句名言。我们中国也特别称道王摩诘的"画中有诗，诗中有画"。究竟诗与画是各有领域的。我们读一首诗，可以欣赏其中的景物的描写，所谓"历历如绘"。但诗之极致究竟别有所在，其着重点在于人的概念与情感。所谓诗意、诗趣、诗境，虽然多少有些抽象，究竟是以语言文字来表达最为适宜。我们看一幅画，可以欣赏其中所蕴藏的诗的情趣，但是并非所有的画都有诗的情趣，而且画的主要的功用是在描绘一个意象。我们说读画，实在是在画里寻诗。

　　"蒙娜丽莎"的微笑，即是微笑，笑得美，笑得甜，笑得有味道，但是我们无法追问她为什么笑，她笑的是什么。尽管有许多人在猜这个微笑的谜，其实都是多此一举。有人以为她是因为发现自己怀孕了而微笑，那微笑代表女性的骄傲与满足。有人说："怎见得她是因为发觉怀孕而微笑呢？也许她是因为发觉并未怀孕而微笑呢？"这样的读下去，是读不出所以然来的。会心的微笑，只能心领神会，非文章词句所能表达。像《蒙娜丽莎》这样的画，还有一些奥秘的意味可供揣测，此外像Watts的《希望》，画的是一个女人跨在地球上弹着一只断了弦的琴，也还有一点象征的意思可资领会，但是Sorolla的《二姊妹》，除了耀眼的阳光之外还有什么诗可读？再如Sully的《戴破帽子的孩子》，画的是一个孩子头上顶着一个破帽子，除了那天真无邪的脸上的光线掩映之外还有什么诗可读？至于Chase的一幅《静物》，可能只是两条死鱼翻着白肚子躺在盘上，更没有什么可说的了。

也许中国画里的诗意较多一点。画山水不是《春山烟雨》，就是《江皋烟树》，不是《云林行旅》，就是《春浦帆归》，只看画题，就会觉得诗意盎然。尤其是文人画家，一肚皮不合时宜，在山水画中寄托了隐逸超俗的思想，所以山水画的境界成了中国画家人格之最完美的反映。即使是小幅的花卉，像李复堂、徐青藤的作品，也有一股豪迈潇洒之气跃然纸上。

画中已经有诗，有些画家还怕诗意不够明显，在画面上更题上或多或少的诗词字句。自宋以后，这已成了大家所习惯接受的形式，有时候画上无字反倒觉得缺点什么。中国字本身有其艺术价值，若是题写得当，也不难看。西洋画无此便利，《拾穗人》上面若是用鹅翎管写上一首诗，那就不堪设想。在画上题诗，至少说明了一点，画里面的诗意有用文字表达的必要。一幅酣畅的泼墨画，画着有两棵大白菜，墨色浓淡之间充分表示了画家笔下控制水墨的技巧，但是画面的一角题了一行大字："不可无此味，不可有此色。"这张画的意味不同了，由纯粹的画变成了一幅具有道德价值的概念的插图。金冬心的一幅墨梅，篆籀纵横，密圈铁线，清癯高傲之气扑人眉宇，但是半幅之地题了这样的词句："晴窗呵冻，写寒梅数枝，胜似与猫儿狗儿盘桓也……"顿使我们的注意力由斜枝细蕊转移到那个清高的画士。画的本身应该能够表现画家所要表现的东西，不需另假文字为之说明，题画的办法有时使画不复成为纯粹的画。

我想画的最高境界不是可以读得懂的，一说到读便牵涉到文章词句，便要透过思想的程序，而画的美妙处在于透过视觉而直诉诸人的心灵。画给人的一种心灵上的享受，不可言说，说便不着。

养成好习惯

　　人的天性大致是差不多的，但是在习惯方面却各有不同，习惯是慢慢养成的，在幼小的时候最容易养成，一旦养成之后，要想改变过来却还不很容易。

　　例如说，清晨早起是一个好习惯，这也要从小时候养成，很多人从小就贪睡懒觉，一遇假日便要睡到日上三竿还高卧不起，平时也是不肯早起，往往蓬首垢面的就往学校跑，结果还是迟到，这样的人长大了之后也常是不知振作，多半不能有什么成就。祖逖闻鸡起舞，那才是志士奋励的榜样。

　　我们中国人最重礼，因为礼是行为的轨范。礼要从家庭里做起。姑举一例：为子弟者"出必告，反必面"，这一点点对长辈的起码的礼，我们是否已经每日做到了呢？我看见有些个孩子们早晨起来对父母视若无睹，晚上回到家来如入无人之境，遇到长辈常常横眉冷目，不屑搭讪。这样的跋扈乖戾之气如果不早早地纠正过来，将来长大到社会服务，必将处处引起摩擦不受欢迎。我们不仅对长辈要恭敬有礼，对任何人都应该维持相当的礼貌。

　　大声讲话，扰及他人的宁静，是一种不好的习惯。我们试自检讨一番，在别人读书工作的时候是否有过喧哗的行为？我们要随时随地为别人着想，维持公共的秩序，顾虑他人的利益，不可放纵自己，在公共场所人多的地方，要知道依次排从，不可争先恐后地去乱挤。

时间即是生命。我们的生命是一分一秒地在消耗着，我们平常不大觉得，细想起来实在值得警惕。我们每天有许多的零碎时间于不知不觉中浪费掉了。我们若能养成一种利用闲暇的习惯，一遇空闲，无论其为多么短暂，都利用之做一点有益身心之事，则积少成多终必有成。常听人讲起"消遣"二字，最是要不得，好像是时间太多无法打发的样子，其实人生短促极了，哪里会有多余的时间待人"消遣"？陆放翁有句云："待饭未来还读书"。我知道有人就经常利用这"待饭未来"的时间读了不少的大书。古人所谓"三上之功"，枕上、马上、厕上，虽不足为训，其用意是在劝人不要浪费光阴。

吃苦耐劳是我们这个民族的标志。古圣先贤总是教训我们要能过得俭朴的生活，所谓"一箪食，一瓢饮"，就是形容生活状态之极端的刻苦，所谓"嚼得菜根"，就是表示一个有志的人之能耐得清寒。恶衣恶食，不足为耻，丰衣足食，不足为荣，这在个人之修养上是应有的认识。罗马帝国盛时的一位皇帝，Marcus Aurelius，他从小就屏绝一切享受，从来不参观那当时风靡全国的赛车比武之类的娱乐，终其身成为一位严肃的苦修派的哲学家，而且也建立了不朽的事功。这是很令人钦佩的。我们中国是一个穷的国家，所以我们更应该体念艰难，弃绝一切奢侈，尤其是从外国来的奢侈。宜从小就养成俭朴的习惯，更要知道物力维艰，竹头木屑，皆宜爱惜。

以上数端不过是偶然拈来，好的习惯千头万绪，"勿以善小而不为"。习惯养成之后，便毫无勉强，临事心平气和，顺理成章。充满良好习惯的生活，才是合于"自然"的生活。

观察中的人

……爱德华佛拉尔斯说过这样的一句话："我不喜欢弯曲的、扭卷的、受过摧残的树。如果它们长得又高又直，并且茂盛，我便更能欣赏它们。"我有同感。

信

　　早起最快意的一件事，莫过于在案上发现一大堆信——平、快、挂，七长八短的一大堆。明知其间未必有多少令人欢喜的资料，大概总是说穷诉苦琐屑累人的居多，常常令人终日寡欢，但是仍希望有一大堆信来。Marcus Aurelius曾经说："每天早晨离家时，我对我自己说，'我今天将要遇见一个傲慢的人，一个忘恩负义的人，一个说话太多的人。这些人之所以如此，乃是自然而且必要的；所以不要惊讶。'"我每天早晨拆阅来信，亦先具同样心理，不但不存奢望，而且预先料到我今天将要接到几封催命符式的讨债信，生活比我优裕而反来向我告贷的信，以及看了不能令人喜欢的喜柬，不能令人不喜欢的讣闻等。世界上是有此等人，此等事，所以我当然也要接得此等信，不必惊讶。最难堪的，是遥望绿衣人来，总是过门不入，那才是莫可名状的凄凉，仿佛是有被人遗弃之感。

　　有一种人把自己的文字润格定得极高，颇有一字千金之概，轻易是不肯写信的。你写信给他，永远是石沉大海。假如忽然间朵云遥颁，而且多半是又挂又快，隔着信封摸上去，沉甸甸的，又厚又重——放心，里面第一页必是抄自尺牍大全，

"自违雅教，时切遐思，比维起居清泰为颂为祷"这么一套，正文自第二页开始，末尾于顿首之后，必定还要标明"鹄候回音"四个大字，外加三个密圈，此外必不可少的是另附恭楷履历硬卡片一张。这种信也有用处，至少可以令我们知道此人依然健在，此种信不可不复，复时以"……俟有机缘，定当驰告"这么一套为最得体。

另一种人，好以纸笔代喉舌，不惜工本，写信较勤，刊物的编者大抵是以写信为其主要职务之一，所以不在话下。因误会而恋爱的情人们，见面时眼睛都要迸出火星，一旦隔离，焉能不情急智生，烦邮差来传书递简？Herrick有句云：

"嘴唇只有在不能接吻时才肯歌唱"，同样的，情人们只有在不能喁喁私语时才要写信。情书是一种紧急救济，所以亦不在话下。我所说的爱写信的人，是指家人朋友之间聚散匆匆，暌违之后，有所见，有所闻，有所忆，有所感，不愿独秘，愿人分享，则乘兴奋笔，借通情愫，写信者并无所求，受信者但觉情谊翕如，趣味盎然，不禁色起神往，在这种心情之下，朋友的信可作为宋元人的小简读，家书亦不妨当作社会新闻看。看信之乐，莫过于此。

写信如谈话。痛快人写信，大概总是开门见山。若是开门见雾，模模糊糊，不知所云，则其人谈话亦必是丈八罗汉，令人摸不着头脑。我又曾接得另外一种信，突如其来，内容是讲学论道，洋洋洒洒，作者虽未要我代为保存，我则觉得责任太大，万一庋藏不慎，岂不就要湮没名文。老实讲，我是有收藏信件的癖好的，但亦略有抉择：多年老友，误入仕途，使用书记代笔者，不收；讨论人生观一类大题目者，不收；正文自第二页开始者，不收；用钢笔写在宣纸上，有如在吸墨纸上写字者，不收；横写或在左边写起者，不收；有加新式标点之必要者，不收；没有加新式标点之可能者亦不收；恭楷者，不收；潦草者，不收；作者未归道山，即可公开发表者，不收；如果作者已归道山，而仍不可公开发表者，亦不收！……因为有这样多的限制，所以收藏不富。

信里面的称呼最足以见人情世态。有一位业教授的朋友告诉我，他常接到许多信件，开端如果是"夫子大人函丈"或"××老师钧鉴"，写信者必定是刚刚毕业或失业的学生，甚而至于并不是同时同院系的学生，其内容泰半是请求提携的意思。如果机缘凑巧，真个提携了他，以后他来信时便改称"××先生"了。若是机缘再凑巧，再加上铨叙合格，连米贴、房贴算在一起足够两个教授的薪水，他写起信来便干干脆脆地称兄道弟了！我的朋友言下不胜唏嘘，其实是他所见不广。师生关系，原属雇佣性质，焉能不受阶级升黜的影响？

书信写作西人曾称之为"最温柔的艺术"，其亲切细腻仅次于日记。我国尺牍，尤多精粹之作。但居今之世，心头萦绕者尽是米价涨落问题，一袋袋的邮件之中要检出几篇雅丽可诵的文章来，谈何容易！

客

"只有上帝和野兽才喜欢孤独。"上帝吾不得而知之，至于野兽，则据说成群结党者多，真正孤独者少。我们凡人，如果身心健全，大概没有不好客的。以欢喜幽独著名的Thoureau，他在树林里也给来客安排得舒舒贴贴。我常幻想着"风雨故人来"的境界，在风飒飒雨霏霏的时候，心情枯寂百无聊赖，忽然有客款扉，把握言欢，莫逆于心，来客不必如何风雅，但至少第一不谈物价升降，第二不谈宦海浮沉，第三不劝我保险，第四不劝我信教，乘兴而来，兴尽即返，这真是人生一乐。但是我们为客所苦的时候也颇不少。

很少的人家有门房，更少的人家有拒人千里之外的阍者，门禁既不森严，来客当然无阻，所以私人居处，等于日夜开放。有时主人方在厕上，客人已经升堂入室，回避不及，应接无术，主人鞠躬如也，客人呆若木鸡。有时主人方在用饭，而高轩贲止，便不能不效周公之"一饭三吐哺"，但是来客并无归心，只好等送客出门之后再补充些残羹剩饭，有时主人已经就枕，而不能不倒屣相迎。一天24小时之内，不知客人何时入侵，主动在客，防不胜防。

在西洋所谓客者是很稀罕的东西。因为他们办公有办公的地点，娱乐有娱乐的场所，住家专做住家之用。我们的风俗稍为不同一些。办公打牌吃茶聊天都可以在人家的客厅里随时举行的。主人既不能在座位上遍置针毡，客人便常有如归之乐。从前官场习惯，有所谓端茶送客之说，主人觉得客人应该告退的时候，便举起盖碗请茶，那时节一位训练有素的豪仆在旁一眼瞥见，便大叫一声："送客！"另有人把门帘高高打起，客人除了告辞之外，别无他法。可惜这种经济时间的良好习俗，今已不复存在，而且这种办法也只限于官场，如果我在我的小小客厅之内端起茶碗，由荆妻稚子在旁嘤然一声"送客"，我想客人会要疑心我一家都发疯了。

客人久坐不去，驱禳至为不易。如果你枯坐不语，他也许发表长篇独白，像个垃圾口袋一样，一碰就泄出一大堆，也许一根一根的纸烟不断地吸着，静听挂钟滴答滴答地响。如果你暗示你有事要走，他也许表示愿意陪你一道走。如果你问他有无其他的事情见教，他也许干脆告诉你来此只为闲聊天。如果你表示正在为了什么事情忙，他会劝你多休息一下。如果你一遍一遍地给他斟茶，他也许就一碗一碗地喝下去而连声说"主人别客气"。乡间迷信，恶客盘踞不去时，家人可在门后置一扫帚，用针频频刺之，客人便会觉得有刺股之痛，坐立不安而去。此法有人曾经实验，据云无效。

"茶，泡茶，泡好茶；坐，请坐，请上坐。"出家人犹如此势利，在家人更可想而知。但是为了常遭客灾的主人设想，茶与座二者常常因客而异，盖亦有说。素好牛饮之客，自不便奉以"水仙""云雾"，而精研茶经之士，又断不肯尝试那"高末""茶砖"。茶卤加开水，浑浑满满一大盅，上面泛着白沫如啤酒，或漂着油彩如汽油，这固然令人恶心，但是如果名茶一盏，而客人并不欣赏，轻呷一口，盅缘上并不留下芬芳，留之无用，弃之可惜，这也是非常讨厌之事。所以客人常被分为若干流品，有能启用平素主人自己舍不得饮用的好茶者，有能享受主人自己日常享受的中上茶者，有能大量取用茶卤冲开水者，飨以"玻璃"者是为未入流。至于座处，自以直入主人的书房绣阁者为上宾，因为屋内零星物件必定甚多，而主人并无防闲之意，于亲密之中尚含有若干敬意，作客至此，毫无遗憾；次焉者廊前檐下随处接见，所谓班荆道故，了无痕迹；最下者则肃入客厅，屋内只有桌椅板凳，别无长物，主人着长袍而出，寒暄就座，主客均客气之至。在厨房后门伫立而谈者是为未入流。我想此种差别待遇，是无可如何之事，我不相信孟尝门客三千而待遇平等。

人是永远不知足的。无客时嫌岑寂，有客时嫌烦嚣，客走后扫地抹桌又另有一番冷落空虚之感，问题的症结全在于客的素质，如果素质好，则未来时想他来，既来了想他不走，既走想他再来；如果素质不好，未来时怕他来，既来了怕他不走，既走怕他再来。虽说物以类聚，但不速之客甚难预防。"夜半待客客不至，闲敲棋子落灯花"，那种境界我觉得最足令人低回。

脸 谱

　　我要说的脸谱不是旧剧里的所谓"整脸""碎脸""三块瓦"之类，也不是麻衣相法里所谓观人八法"威、厚、清、古、孤、薄、恶、俗"之类。我要谈的脸谱乃是每天都要映入我们眼帘的形形色色的活人的脸。旧戏脸谱和麻衣相法的脸谱，那乃是一些聪明人从无数活人脸中归纳出来的几个类型公式，都是第二手的资料，可以不管。

　　古人云："人心不同，各如其面。"那意思承认人面不同是不成问题的。我们不能不叹服人类创造者的技巧的神奇，差不多的五官七窍，但是部位配合，变化无穷，比七巧板复杂多了。对于什么事都讲究"统一""标准化"的人，看见人的脸如此复杂离奇，恐怕也无法训练改造，只好由它自然发展罢！假使每一个人的脸都像是从一个模子里翻出来的，一律的浓眉大眼，一律的虎额龙准，在排起队来检阅的时候固然甚为壮观整齐，但不便之处必定太多，那是不可想象的。

　　人的脸究竟是同中有异，异中有同，否则也就无所谓谱。就粗浅的经验说，人的脸大别为二种，一种是令人愉快的，一种是令人不愉快的。凡是常态的、健康的、活泼的脸，都是令人愉快的，这样的脸并不多见。令人不愉快的脸，心里有一点或很多不痛快的事，很自然地把脸拉长一尺，或是罩上一层阴霾，但使这张脸立刻形成人与人之间的隔阂，立刻把这周围的气氛变得阴沉。假如，在可能范围之内，努力把脸上的筋肉松弛一下，嘴角上挂出一个微笑，自己费力不多，而给予人的快感甚大，可以使得这人生更值得留恋一些。我永不能忘记那永长不大的孩子潘彼得，他嘴角上永远挂着一颗微笑，那是永恒的象征。一个成年人若是完全保持一张孩子脸，那也并不是理想的事，除了给"婴儿自己药片"作商标之外，也不见得有什么用处。不过赤子之天真，如在脸上还保留一点痕迹，这张脸对于人类的幸福是有贡献的。令人愉快的脸，其本身是愉快的，这与老幼妍媸无关。丑一点，黑一点，下巴长一点，鼻梁塌一点，都没有关系，只要上面漾着充沛的活力，便能辐射出神奇的光彩，不但有光，还有热，这样的脸能使满室生春，带给人们兴奋、光明、调谐、希望、欢欣。一张眉清目秀的脸，如果恹恹无生气，我们也只好当做石膏像来看待了。

我觉得那是一个很好的游戏：早起出门，留心观察眼前活动的脸，看看其中有多少类型，有几张使你看了一眼之后还想再看？

不要以为一个人只有一张脸。女人不必说，常常"上帝给她一张脸，她自己另造一张。"不涂脂粉的男人的脸，也有"卷帘"一格，外面摆着一副面孔，在适当的时候呱嗒一声如帘子一般卷起，另露出一副面孔。"杰克博士与海德先生"（Dr. Jekyll and Mr. Hyde）那不是寓言。误入仕途的人往往养成这一套本领。对下司道貌岸然，或是面部无表情，像一张白纸似的，使你无从观色，莫测高深，或是面皮绷得像一张皮鼓，脸拉得驴般长，使你在他面前觉得矮好几尺！但是他一旦见到上司，驴脸得立刻缩短，再往瘪里一缩，马上变成柿饼脸，堆下笑容，直线条全变成曲线条，如果见到更高的上司，连笑容都凝结得堆不下来，未开言嘴唇要抖上好大一阵，脸上作出十足的诚惶诚恐之状。帘子脸是傲下媚上的主要工具，对于某一种人是少不得的。

不要以为脸和身体其他部分一样的受之父母，自己负不得责。不，在相当范围内，自己可以负责的，大概人的脸生来都是和善的，因为从婴儿的脸看来，不必一定都是颜如渥丹，但是大概都是天真无邪，令人看了喜欢的。我还没见过一个孩子带着一副不得善终的脸，脸都是后来自己作践坏了的，人们多半不体会自己的脸对于别人发生多大的影响。脸是到处都有的。在送殡的行列中偶然发现的哭丧脸，作讣闻纸色，眼睛肿得桃儿似的，固然难看。一行行的囚首垢面的人，如稻草人，如丧家犬，脸上作黄蜡色，像是才从牢狱里出来，又像是要到牢狱里去，凸着两只没有神的大眼睛，看着也令人心酸。还有一大群心地不够薄脸皮不够厚的人，满脸泛着平价米色，嘴角上也许还沾着一点平价油，身穿着一件平价布，一脸的愁苦，没有一丝的笑容，这样的脸是颇令人不快的。但是这些贫病愁苦的脸还不算是最令人不愉快，因为只是消极的令人心里堵得慌，而且稍微增加一些营养（如肉糜之类）或改善一些环境，脸上的神情还可以渐渐恢复常态。最令人不快的是一些本来吃得饱，睡得着，红光满面的脸，偏偏带着一股肃杀之气，冷森森地拒人千里之外，看你的时候眼皮都不抬，嘴撇得瓢儿似的，冷不防抬起眼皮给你一个白眼，黑眼球不知翻到哪里去了，脖梗子发硬，脑壳朝天，眉头皱出好几道熨斗都熨不平的深沟——这样的神情最容易在官办的业务机关的柜台后面出现。遇见这样的人，我就觉到惶惑：这个人是不是昨天赌了一夜以致睡眠不足，或是接连着腹泻了三天，或是新近遭遇了什么闵凶，否则何以乖戾至此，连一张脸的常态都不能维持了呢。

胡　须

　　俗语："嘴上没毛，办事不牢。"意思是说，有一把年纪的人比较的见多识广，而且瞻前顾后做起事来四平八稳，不像年轻小伙子那样的毛躁，那样的不牢靠。嘴上没毛也就是年纪太轻少不更事的意思。

　　现在看来，嘴上没毛似乎不一定与年龄有关。大家可曾注意，如今好多的政坛显要，社会中坚，无分中外，老远的看来几乎都是面白无须的样子。像诸葛亮的三绺髯，关公的五绺髯，只有在舞台上见之。他们不全是因为脸皮太厚而胡须长不出来，而是胡须刚刚长出来就被刮剃了去。所以嘴上嘴下，青皮一块，于右老张大千之长髯飘拂是例外。世上有几个于右老张大千？反观年轻一代，则往往有些人年纪轻轻的，于思于思，一反常态。他们或是唇上留一撮小髭，或是两鬓各蓄一条鬓脚，或是额下垂着几根疏疏落落的狗蝇胡子，戏台上的老生称须生，如今不少的小生也是须生了。

　　人年纪越大，胡须也长得越硬越粗越黑越快。有人常怪女人每天在她们的头发上耗费太多的时间精神，殊不知绝大多数的男人在他们的胡须上也有不少的麻烦。女人的头发要洗、要作、要烫、要染，现在有些男人的头发也要玩这一套，而且于此之外还每天牢不可破的要刮胡子。一天不刮就毛氄氄的刺弄得慌，用手摸上去像是板刷，万一触到别人的细嫩的皮肤上会令人大叫起来。所以有人早晚各刮一次，不厌其烦。更有人痛恨自己的胡子过于茂盛，刮不胜刮，于是不仅剪草，还要除根，随身携带镜子镊子，把刮后的胡须根株一个个的钳拔出来，这种拔毛连茹的作法滋味如何，只有本人知道。听说从前青衣花旦，以及其他在职业上有此必要的人，才采用此种彻底根除的手段。不过我也曾亲见所谓斯文中人也有公然当众对镜拔须的。拔过之后，常有血痕殷然。

其实，俗语说，"八十留胡子，大主意自己拿。"不到 80 岁要留胡子，也没有人管得着。髭胡也未必就有碍观瞻。《左传·昭公二十六年》："有君子，白皙鬒须眉。"胡须眉毛又黑又稠的陈武子还被称为"君子"，可见一嘴胡子正有助于威仪三千。《庄子·列御寇》，"髯"列为"八极"之一，算是形体上优异过人之处。关公为美髯公，无人不知。唐文皇"虬须壮冠，人号髭圣"，见《清异录》。风流潇洒如苏东坡也有"髯苏"之称。历史上有名的大胡子不胜列举，而且是被人夸赞，没有揶揄之意。自古以胡须稠秀为男性美的特征。稠是相当茂密，秀是相当疏朗。相法上所谓"根根见底"，就是浓疏合度的意思。喜剧演员贾波林，若是嘴上没有那一撮胡子，恐怕要减少很大一部分的滑稽相和愁苦相。那一撮胡子，在希特拉嘴上像是糊上了一块膏药，真是恶人恶相，讨人嫌。长胡子要保持清洁，不能让它擀成毡，不能拖泥带水，更不能窝藏虮子，虮子纵然"屡游相须，曾蒙御览"，仍然是邋遢。

写《乌托邦》的英国作家陶玛斯·摩尔，在上断头台的时候，对行刑者说："我的胡子没有犯罪，请勿切断我的胡子。"于是撂起他的一把大胡子，延颈受戮。这是标准的"断头台上的幽默"。我们至少可以想象到他对他的胡子是多么关心。

佛家对于胡子则有时视为相当神圣，《法苑珠林》有这样一段记载："佛告阿难，'汝取我髭，合六十二茎，我欲造塔。'阿难取付世尊。佛告诸罗刹：'我施汝二茎，当造七宝函及造旃檀塔，盛髭供养，可高四十由旬，余六十髭亦随造函塔，可高三丈。'又告诸罗刹：'守护，勿使外道、恶人、魔鬼、毒龙，妄毁此塔。此塔为汝命根，汝必护塔。……'"按说万法皆空，不得以肉体见如来，为什么把一茎髭看得这般重要，我参不透。事实上高四十由旬的旃檀塔，谁也没有见过。

我们旧剧班中的行头里有所谓髯口一项，包括三髯、五髯、三涛髯、夹嘴髯、红虬髯、丑三髯、吊搭髯等等，花样繁多，不及备载。而且这些髯口不仅是妆点门面，还可以加以运用，如捋髯、拱髯、推髯、搂髯、端髯、甩髯、喷髯、抖髯、轮髯等等，形成所谓"髯舞"。俗语形容愤怒之状为"吹胡子瞪眼"，在舞台上真有那样的表现。

学问与趣味

前辈的学者常以学问的趣味启迪后生，因为他们自己实在是得到了学问的趣味，故不惜现身说法，诱导后学，使他们在愉快的心情之下走进学问的大门。例如，梁任公先生就说过："我是个主张趣味主义的人，倘若用化学化分'梁启超'这件东西，把里头所含一种元素名叫'趣味'的抽出来，只怕所剩下的仅有个零了。"任公先生注重趣味，学问甚是渊博，而并不存有任何外在的动机，只是"无所为而为"，故能有他那样的成就。一个人在学问上果能感觉到趣味。有时真会像是着了魔一般，真能废寝忘食，真能不知老之将至，苦苦钻研，锲而不舍，在学问上焉能没有收获？不过我尝想，以任公先生而论，他后期的著述如历史研究法，先秦政治思想史，以及有关墨子佛学陶渊明的作品，都可说是他的一点"趣味"在驱使着他，可是在他年轻的时候，从师受业，诵读典籍，那时节也全然是趣味么？作八股文，作试帖诗，莫非也是趣味么？我想未必。大概趣味云云，是指年长之后自动作学问之时而言，在年轻时候为学问打根底之际恐怕不能过分重视趣味。学问没有根底，趣味也很难滋生。任公先生的学问之所以那样的博大精深，涉笔成趣，左右逢源，不能不说的一大部分得力于他的学问根底之打得坚固。

我曾见许多年青的朋友，聪明用功，成绩优异，而语文程度不足以达意，甚至写一封信亦难得通顺，问其故则曰其兴趣不在语文方面。又有一些位，执笔为文，斐然可诵，而视数理科目如仇雠，勉强才能及格，问其故则亦曰其兴趣不在数理方面，而且他们觉得某些科目没有趣味，便撇在一边视如敝屣，怡然自得，振振有词，略无愧色，好像这就是发扬趣味主义。殊不知天下没有没有趣味的学问，端视吾人如何发掘其趣味，如果在良师指导之下按部就班地循序而进，一步一步地发现新天地，当然乐在其中，如果浅尝辄止，甚至躐等躁进，当然味同嚼蜡，自讨没趣。一个有中上天资的人，对于普通的基本的文理科目，都同样的有学习的能力，绝不会本能地长于此而拙于彼。只有懒惰与任性，才能使一个人自甘暴弃地在"趣味"的掩护之下败退。

由小学到中学，所修习的无非是一些普通的基本知识。就是大学四年，所授课业也还是相当粗浅的学识。世人常称大学为"最高学府"，这名称易滋误解，好像过此以上即无学问可言。大学的研究所才是初步研究学问的所在，在这里作学问也只能算是粗涉藩篱，注重的是研究学问的方法与实习。学无止境，一生的时间都嫌太短，所以古人皓首穷经，头发白了还是在继续研究，不过在这样的研究中确是有浓厚的趣味。

在初学的阶段，由小学至大学，我们与其倡言趣味，不如偏重纪律。一个合理编列的课程表，犹如一个营养均衡的食谱，里面各个项目都是有益而必需的，不可偏废，不可再有选择。所谓选修科目也只是在某一项目范围内略有拣选余地而已。一个受过良好教育的人，犹如一个科班出身的戏剧演员，在坐科的时候他是要服从严格纪律的，唱工作工武把子都要认真学习，各种角色的戏都要完全谙通，学成之后才能各按其趣味而单独发展其所长。学问要有根底，根底要打得平正坚实，以后永远受用。初学阶段的科目之最重要的莫过于语文与数学。语文是阅读达意的工具，国文不通便很难表达自己，外国文不通便很难吸取外来的新知。数学是思想条理之最好的训练。其他科目也各有各的用处，其重要性很难强分轩轾，例如体育，从另一方面看也是重要得无以复加。总之，我们在求学时代，应该暂且把趣味放在一边，耐着性子接受教育的纪律，把自己锻炼成为坚实的材料。学问的趣味，留在将来慢慢享受一点也不迟。

书

从前的人喜欢夸耀门第，纵不必家世贵显，至少也要是书香人家才能算是相当的门望。书而曰香，盖亦有说。从前的书，所用纸张不外毛边连史之类，加上松烟油墨，天长日久密不通风自然生出一股气味，似沉檀非沉檀，更不是桂馥兰薰，并不沁人脾胃，亦不特别触鼻，无以名之名之曰书香。书斋门窗紧闭，乍一进去，书香特别浓，以后也就不大觉得。现代的西装书，纸墨不同，好像有一股煤油味，不好说是书香了。

不管香不香，开卷总是有益。所以世界上有那么多有书癖的人，读书种子是不会断绝的。买书就是一乐，旧日北平琉璃厂隆福寺街的书肆最是诱人，你迈进门去向柜台上的伙计点点头便直趋后堂，掌柜的出门迎客，分宾主落座，慢慢地谈生意，不要小觑那位书贾，关于目录版本之学他可能比你精。搜访图书的任务，他代你负担，只要他摸清楚了你的路数，一有所获立刻专人把样函送到府上，合意留下翻看，不合意他拿走，和和气气。书价么，过节再说。在这样情形之下，一个读书人很难不染上"书淫"的毛病，等到四面卷轴盈满，连坐的地方都不容易匀让出来，那时候便可以顾盼自雄，酸溜溜地自叹"丈夫拥书万卷，何假南面百城？"现代我们买书比较方便，但是搜访的乐趣，搜访而偶有所获的快感，都相当的减少了。挤在书肆里浏览图书，本来应该是像牛吃嫩草，不慌不忙的，可是若有店伙眼睛紧盯着你，生怕你是一名雅贼，你也就不会怎样的从容，还是早些离开这是非之地好些。更有些书不裁毛边，干脆拒绝翻阅。

"郝隆七月七日，出日中仰卧，人问其故，曰：'我晒书。'"（见《世说新语》）郝先生满腹诗书，晒书和日光浴不妨同时举行。恐怕那时候的书在数量上也比较少，可以装进肚里去。司马温公也是很爱惜书的，他告诫儿子说：

"吾每岁以上伏及重阳间视天气晴明日，即净几案子当日所，侧群书其上以晒其脑。所以年月虽深，从不损动。"书脑即是书的装订之处，翻页之处则曰书口。司马温公看书也有考究，他说："至于启卷，必先几案洁净，借以茵褥，然后端坐看之。或欲行看，即承以方版，未曾敢空手捧之，非惟手污渍及，亦虑触动其脑。每至看竟一版，即侧右手大指面衬其沿，随覆以次指面，捻而夹过，故得不至揉熟其纸。每见汝辈多以指爪撮起，甚非吾意。"（见《宋稗类钞》）我们如今的图书不这样名贵，并且装订技术进步，不像宋朝的"蝴蝶装"那样的娇嫩，但是读书人通常还是爱惜他的书，新书到手先裹上千个包皮，要晒，要揩，要保管。我也看见过名副其实的收藏家，爱书爱到根本不去读它的程度，中国书则锦函牙签，外国书则皮面金字，皮置柜橱，满室琳琅，真好像是琅嬛福地，书变成了陈设、古董。

有人说："借书一痴，还书一痴。"有人分得更细："借书一痴，惜书二痴，索书三痴，还书四痴。"大概都是有感于书之有借无还。书也应该深藏若虚，不可慢藏诲盗。最可恼的是全书一套借去一本，久假不归，全书成了残本。明人谢肇淛编《五杂组》，记载一位"虞参政藏书数万卷，贮之一楼，在池中央，小木为杓，夜则去之。榜其门曰：'楼不延客，书不借人。'"这倒是好办法，可惜一般人难得有此设备。

读书乐，所以有人一卷在手往往废寝忘食。但是也有人一看见书就哈欠连连，以看书为最好的治疗失眠的方法。黄庭坚说："人不读书，则尘俗生其间，照镜则面目可憎，对人则语言无味。"这也要看所读的是些什么书。如果读的尽是一些猥亵的东西，其人如何能有书卷气之可言？宋真宗皇帝的劝学文，实在令人难以入耳："富家不用买良田，书中自有千钟粟，安居不用架高堂，书中自有黄金屋，出门莫恨无人随，书中车马多如簇，娶妻莫恨无良媒，书中自有颜如玉，男儿欲遂平生志，六经勤向窗前读。"不过是把书当做敲门砖以遂平生之志，勤读六经，考场求售而已。十载寒窗，其中只是苦，而且吃尽苦中苦，未必就能进入佳境。倒是英国19世纪的罗斯金，在他的《芝麻与白百合》第一讲里，劝人读书尚友古人，那一番道理不失雅人深致。古圣先贤，成群的名世的作家，一年四季的排起队来立在书架上面等候你来点唤，呼之即来挥之即去。行吟泽畔的屈大夫，一邀就到；饭颗山头的李白、杜甫也会联袂而来；想看外国戏，环球剧院的拿手好戏都随时承接堂会；亚里士多德可以把他逍遥廊下的讲词对你重述一遍。这真是读书乐。

我们国内某一处的人最好赌博，所以讳言书，因为书与输同音，读书曰读胜。基于同一理由，许多地方的赌桌旁边忌人在身后读书。人生如博弈，全副精神去应付，还未必能操胜算。如果沾染上书癖，势必呆头呆脑，变成书呆，这样的人在人生的战场之上怎能不大败亏输？所以我们要钻书窟，也还要从书窟里钻出来。朱晦庵有句："书册埋头何日了，不如抛却去寻春。"是见道语，也是老实话。

书　房

　　书房，多么典雅的一个名词！很容易令人联想到一个书香人家。书香是与铜臭相对待的。其实书未必香，铜亦未必臭。周彝商鼎，古色斑斓，终日摩挲亦不觉其臭，铸成钱币才沾染市侩味，可是不复流通的布泉刀错又常为高人赏玩之资。书之所以为香，大概是指松烟油墨印上了毛边连史，从不大通风的书房里散发出来的那一股怪味，不是桂馥兰薰，也不是霉烂馊臭，是一股混合的难以形容的怪味。这种怪味只有书房里才有，而只有士大夫人家才有书房。书香人家之得名大概是以此。

　　寒窗之下苦读的学子多半是没有书房，囊萤凿壁的就更不用说。所以对于寒苦的读书人，书房是可望而不可即的豪华神仙世界。伊士珍《琅嬛记》："张华游于洞宫，遇一人引至一处，别是天地，每室各有奇书，华历观诸室书，皆汉以前事，多所未闻者，问其地，曰：'琅嬛福地也。'"这是一位读书人希求冥想一个理想的读书之所，乃托之于神仙梦境。其实除了赤贫的人饔飧不继谈不到书房外，一般的读书人，如果肯要一个书房，还是可以好好布置出一个来的。有人分出一间房子

163

养来亨鸡，也有人分出一间房子养狗，就是匀不出一二间做书房。我还见过一位富有的知识分子，他不但没有书房，也没有书桌，我亲见他的公子趴在地板上读书，他的女公子用一块木板在沙发上写字。

一个正常的良好的人家，每个孩子应该拥有一个书桌，主人应该拥有一间书房。书房的用途是庋藏图书并可读书写作于其间，不是用以公开展览借以骄人的。"丈夫拥有万卷书，何假南面百城！"这种话好像是很潇洒而狂傲，其实是心尚未安无可奈何的解嘲语，徒见其不丈夫。书房不在大，亦不在设备佳，适合自己的需要便是。局促在几尺宽的走廊一角，只要放得下一张书桌，依然可以作为一个读书写作的工厂，大量出货。光线要好，空气要流通，红袖添香是不必要的，既没有香，"素腕举，红袖长"反倒会令人心有别注。书房的大小好坏，和一个读书写作的成绩之多少高低，往往不成正比例。有好多著名作品是在监狱里写的。

我看见过的考究的书房当推宋春舫先生的褐木庐为第一，在青岛的一个小小的山头上，这书房并不与其寓邸相连，是单独的一栋。环境清幽，只有鸟语花香，没有尘嚣市扰。《太平清话》："李德茂环积坟籍，名曰书城。"我想那书城未必能和褐木庐相比。在这里，所有的图书都是放在玻璃柜里，柜比人高，但不及栋。我记得藏书是以法文戏剧为主。所有的书都是精装，不全是buckram（胶硬粗布），有些是真的小牛皮装订（half calf，ooze calf，etc），烫金的字在书脊上排着队闪闪发亮。也许这已经超过了书房的标准，微近于藏书楼的性质，因为他还有一册精印的书目，普通的读书人谁也不会把他书房里的图书编目。

周作人先生在北平八道湾的书房，原名苦雨斋，后改为苦茶庵，不离苦的味道。小小的一幅横额是沈尹默写的。是北平式的平房，书房占据了里院上房三间，两明一暗。里面一间是知堂老人读书写作之处，偶然也延客品茗。几净窗明，一尘不染。书桌上文房四宝井然有致。外面两间像是书库，约有十个八个书架立在中间，图书中西兼备，日文书数量很大。真不明白苦茶庵的老和尚怎么会掉进了泥淖一辈子洗不清！

闻一多的书房，和"闻一多先生的书桌"一样，充实，有趣而乱。他的书全是中文书，而且几乎全是线装书。在青岛的时候，他仿效青岛大学图书馆庋藏中文图书的办法，给成套的中文书装制蓝布面，用白粉写上宋体字的书名，直立在书架上。这样的装备应该是很整齐可观，但是主人要作考证，东一部西一部的图书便要从书架上取下来参加獭祭的行列了，其结果是短榻上、地板上。惟一的一把木根雕制的太师椅上，全都是书。那把太师椅玲珑帮硬，可以入画，不宜坐人，其实亦不宜于堆书，却是他书斋中最惹眼的一个点缀。

潘光旦在清华南院的书房另有一种情趣。他是以优生学专家的素养来从事我国谱牒学研究的学者，他的书房收藏这类图书极富。他喜欢用书护，那就是用两块木板将一套书夹起来，立在书架上。他在每套书系上一根竹制的书笺，笺上写着书名。这种书笺实在很别致，不知杜工部《将赴草堂途中有作》所谓"书笺药里封尘网"的书笺是否即系此物。光旦一直在北平，失去了学术研究的自由，晚年丧偶，又复失明，想来他书房中那些书笺早已封尘网了！

汗牛充栋，未必是福。丧乱之中，牛将安觅？多少爱书的人士都把他们苦心聚集的图书抛弃了，而且再也鼓不起勇气重建一个像样的书房。藏书而充栋，确有其必要，例如从前我家有一部小字本的图书集成，摆满上与梁齐的靠着整垛山墙的书架，取上层的书须用梯子，爬上爬下很不方便，可以充栋的书架有时仍是不可少。我来台湾后，一时兴起，兴建了一个连在墙上的大书架，邻居绸缎商来参观，叹曰："造这样大的木架有什么用，给我摆列绸缎尺头倒还合用。"他的话是不错的，书不能令人致富。书还给人带来麻烦，能像郝隆那样七月七日在太阳底下晒肚子就好，否则不堪衣鱼之扰，真不如尽量地把图书塞入腹笥，晒起来方便，运起来也方便。如果图书都能作成"显微胶片"纳入腹中，或者放映在脑子里，则书房就成为不必要的了。

图　章

　　印章篆刻是我们中国特有的一种艺术。从春秋战国时起，到如今有两千多年的历史。最初只是一种凭信的记号，后来则于做凭信记号之外兼为一种艺术。

　　外国不是没有图章。英国不是也有所谓掌玺大臣么？他们的国王有御玺，有大印，和我们从前帝王之有玉玺没有两样。秦始皇就有螭虎纽六玺。不过外国没有我们一套严明的制度，我们旧制是帝王用者曰玺曰宝，官吏曰印，秩卑者曰钤记，非永久性的机关曰关防，秩序井然。讲到私人印信，则纯然是我们的国粹。外国人只凭签字，没有图章。我们则几乎没有一个人没有图章。签支票、立合同、掣收据、报户口、填结婚证书、申报所得税，以至于收受挂号信件包裹，无一不需盖章。在许多情况中，凭身份证验明正身都不济事，非盖图章不可。刻一个图章，还不容易？到处有刻字匠，随时可以刻一个。从前我在北平，见过邮局门口常有一个刻字摊，专刻急就章，用硬豆腐干一块，奏刀刻画，顷刻而成，钤盖上去也是朱色烂然，完全符合邮局签字盖章的要求。

　　我有一位朋友，他很有自知之明，他知道一颗图章早晚有失落之虞，或是收藏太好而忘记收藏之所，所以他坚决不肯使用图章，尤其是在银行开户，他签发支票但凭签字。他的签字式也真别致，很难让人模仿像。但是天有不测风云，他突然患了帕金孙症，浑身到处打哆嗦，尤其是人生最常使用的手指头，拿不住筷子，捧不稳饭碗，摸不着电铃，看不准插头，如何能够执笔在支票上签字？勉强签字如鬼画符，银行核对下来不承认。后来几经交涉，经过好多保证才算把款提了出来，这时候才知道有时候签字不如盖章。

有些外国人颇为羡慕我们中国人的私章，觉得小小的一块石头刻上自己的名姓，或阴或阳，或篆或籀，或铁线或九叠，都怪有趣的。抗战时期，闻一多在昆明，以篆刻图章为副业，当时过境的美军不少，常有人登门造访，请求他的铁笔。他照例先给他起一个中国姓名，讲给他听，那几个中国字既是谐音，又有吉祥高雅的含义，他已经乐不可支，然后约期取件，当然是按润例计酬。雕虫小技，却也不轻松，视石之大小软硬而用指力、腕力，或臂力，积年累月地捏着一把小刀，伏在案上于方寸之地纵横排，势必至于两眼昏花，肩耸背驼，手指磨损。对于他，篆刻已不复是文人雅事，而是谋生苦事了。

在字画上盖章，能使得一幅以墨色或青绿为主的作品，由于朱色印泥的衬托，而格外生动，有画龙点睛之妙。据说这种作法以酷爱字画的唐太宗为始，他有自书"贞观"二字的联珠印，嗣后唐代内府所藏的精品就常有"开元""集贤"等等的钤记。宋赵孟頫是篆刻的大家，开创了文人篆刻的先河，至元代而达到全盛时期。收藏家或鉴赏家在字画名迹上盖个图章原不是什么坏事，不过一幅完美的作品若是被别人在空白处盖上了密密麻麻的大小印章，却是大煞风景。最讨厌的是清朝的皇帝，动辄于御题之外加盖什么"御览之宝"的大章，好像非如此不足以表示其占有欲的满足。最迂阔的是一些藏书印，如"子孙益之守勿失""子孙永以为好""子子孙孙永无斁"之类，我们只能说其情可悯，其愚不可及。

明清以降，文人雅士篆刻之风大行，流落于市面的所谓闲章常有奇趣，或摘取诗句，或引用典实，或直写胸臆。有时候还可于无意中遇到石质特佳的印章，近似旧坑田黄之类。先君嗜爱金石篆刻，积有印章很多，丧乱中我仅携出数方，除"饱蠹楼藏书印"之外尽属闲章。有一块长方形寿山石，刻诗一联"鹭拳沙岸雪，蝉翼柳塘风"，不知是谁的句子，也不知何人所镌，我觉得对仗工，意境雅，书法是阳文玉筋小篆尤为佳妙，我就喜欢它，有一角微缺，更增其古朴之趣。还有一块白文"春韭秋菘"，我曾盖在一幅画上，后来这幅画被一外国人收购，要我解释这印章文字的意义，我当时很为难，照字面翻译当然容易，说明典故却费周折，南齐的周颙家清贫，"文惠太子问颙：'菜何味胜？'颙曰：'春初早韭，秋末晚菘。'"春韭秋菘代表的是清贫之士的人品之清高。早韭嫩，晚菘肥，菜蔬之美岂是吃牛排吃汉堡面包的人所能领略？安贫乐道的精神之可贵更难于用三言两语向唯功利是图的人解释清楚的了。我还有两颗小图章，一个是"读书乐"，一个是"学古人"。生而知之的人，不必读书。英国复辟时代戏剧作家万布鲁（Vanbrugh）有一部喜剧《旧病复发》（The Relapse），其中的一位花花公子说过一句翻案的名言："读书即是拿别人绞出的脑汁来自娱。我觉得有身份的人应该以自己的思想为乐。"不读他人的书，自己的见解又将安附？恐怕最知道读书乐的人是困而后学的人。学古人，也不是因为他们古，是因为从古人那里可以看到人性之尊严的写照，恰如波普（Pope）在他的《批评论》所说。

> Learn hence for ancient rules a just esteem:
> To copy Nature is to copy them.

> 所以对古人的规律要有一份尊敬，
> 揣摹古人的规律即是揣摹人性。

这两颗小图章给了我很大的启发，教我读书，教我作人。最近一位朋友送我两颗印章，一是仿汉印，龟纽，文曰："东阳太守。"令我想起杜诗所谓"除道晒要章"，太守的要章（佩在身上的腰章）大概就是这个样子了。另一是阳文圆印，文曰："深心托豪素。"这是颜延之的诗，"向秀甘淡薄，深心托豪素"，向秀是晋人，清悟有远识，好老庄之学，与山涛、嵇康等善，一代高人。这一颗印，与春韭秋菘有同样淡远的趣味。

一出版家与人诟谇，对方曰："汝何人，一书贾耳！"这位出版家大恚，言于余。我告诉他，可玩味者唯一"耳"字，我并且对他说辞官一身轻的郑板桥当初有一颗图章"七品官耳"，那个"耳"字非常传神。我建议他不必生气，大可刻一个图章"一书贾耳"。当即自告奋勇，为他写好印文，自以为分朱布白，大致尚可，惟不知他有无郑板桥那样的洒脱肯镌刻这样的一个图章，我没启追问。

钱

　　钱这个东西，不可说，不可说。一说起阿堵物，就显着俗。其实钱本身是有用的东西，无所谓俗。或形如契刀，或外圆而孔方，样子都不难看。若是带有斑斑绿锈，就更古朴可爱。稍晚的"交子""钞引"以至于近代的纸币，也无不力求精美雅观，何俗之有？钱财的进出取舍之间诚然大有道理，不过贪者自贪，廉者自廉，关键在于人，与钱本身无涉。像和峤那样的爱钱如命，只可说是钱癖，不能斥之曰俗；像石崇那样的挥金似土，只可说是奢汰，不能算得上雅。俗也好，雅也好，事在人为，钱无雅俗可辨。

　　有人喜集邮，也有人喜集火柴盒，也有人喜集戏报子，也有人喜集鼻烟壶；也有人喜集砚、集墨、集字画古董，甚至集眼镜、集围裙、集三角裤。各有所好，没有什么道理可讲。但是古今中外几乎人人都喜欢收集的却是通货。钱不嫌多，愈多愈好。庄子曰："钱财不积，则贪者忧。"岂止贪者忧？不贪的人也一样的想积财。

　　人在小的时候都玩过扑满，这玩意儿历史悠久，《西青杂记》："扑满者，以土为器，以蓄钱，有入窍而无出窍，满则扑之。"北平叫卖小贩,有喊"小盆儿小罐儿"的,担子上就有大大小小的扑满,全是陶土烧成的,形状不雅,一碰就碎。虽然里面容不下多少钱,可是孩子们从小就知道储蓄的道理了。外国也有近似扑满的东西,不过通常不是颠扑得碎的,是用钥匙可以打开的,多半作猪形,名之为"猪银行"。不晓得为什么选择猪形,也许是取其大肚能容吧?

我们的平民大部分是穷苦的,靠天吃饭,就怕干旱水涝,所以养成一种饥荒心理,"常将有日思无日,莫待无时思有时。"储蓄的美德普遍存在于各阶层。我从前认识一位小学教员,别看她月薪只有区区30余元,她省吃俭用,省俭到午餐常是一碗清汤挂面洒上几滴香油,20年下来,她拥有两栋小房。(谁忍心说她是不劳而获的资产阶级?)我也知道一位人力车夫,劳其筋骨,为人作马牛,苦熬了半辈子,携带一笔小小的资财,回籍买田娶妻生子做了一个自耕的小地主。这些可敬的人,他们的钱是一文一文积攒起来的。而且他们常是量入为储,每有收入,不拘多寡,先扣一成两成作为储蓄,然后再安排支出。就这样,他们爬上了社会的阶梯。

"人无横财不富,马非夜草不肥。"话虽如此,横财逼人而来,不是人人唾手可得,也不是全然可以泰然接受的。"腰缠十万贯,骑鹤上扬州",只是一厢情愿的想法,暴发之后,势难持久,君不见:显宦的孙子做了乞丐,巨商的儿子做了龟奴?及身而验的现世报,更是所在多有。钱财这个东西,真是难以捉摸，聚散无常。所以谚云："积财千万，不如薄技在身。"

钱多了就有麻烦，不知放在哪里好。枕头底下没有多少空间，破鞋窠里面也塞不进多少。眼看着财源滚滚，求田问舍怕招物议，多财善贾又怕风波，无可奈何只好送进银行。我在杂志上看到过一段趣谈：印第安人酋长某，平素聚敛不少，有一天背了一大口袋钞票存入银行，定期一年，期满之日他要求全部提出，行员把钞票一叠一叠地堆在柜台上，有如山积。酋长看了一下，徐曰："请再续存一年。"行员惊异，既要续存，何必提出？酋长说："不先提出，我怎么知道我的钱是否安然无恙地保存在这里？"这当然是笑话，不过我们从前也有金山银山之说，却是千真万确的。我们从前金融执牛耳的大部分是山西人，票庄掌柜的几乎一律是老西儿。据说他们家里就有金山银山。赚了金银运回老家，熔为液体，泼在内室地上。积年累月一勺一勺地泼上去，就成了一座座亮晶晶的金山银山。要用钱的时候凿下一块就行，不虞盗贼光顾。没亲眼见过金山银山的人，至少总见过冥衣铺用纸糊成的金童玉女、金山银山吧？从前好像还没有近代恶性通货膨胀的怪事，然而如何维护既得的资财，也已经是颇费心机了。如今有些大户把钱弄到某些外国去，因为那里的银行有政府担保，没有倒闭之虞，而且还为存户保密，真是服务周到极了。

善居积的陶朱公，人人羡慕，但是看他变姓名游江湖，其心理恐怕有几分像是挟巨资逃往国外作寓公，离乡背井的，多少有一点不自在。所以一个人尽管贪财，不可无厌。无冻馁之忧，有安全之感，能罢手时且罢手，大可不必"人为财死"而后已，陶朱公还算是聪明的。

钱，要花出去，才发生作用。穷人手头不裕，为了住顾不得衣，为了衣顾不得食，为了食谈不到娱乐，有时候几个孩子同时需要买新鞋，会把父母急得冒冷汗！贫窭到这个地步，一个钱也不能妄用，只有牛衣对泣的分。小康之家用钱大有伸缩余地，最高明的是不求生活水准之全面提高，而在几点上稍稍突破，自得其乐。有人爱买书，有人爱买衣裳，有人爱度周末，各随所好。把钱集中用在一点上，便可比较容易适度满足自己的欲望。至于豪富之家，挥金如土，未必是福，穷奢极欲，乐极生悲，如果我们举例说明，则近似幸灾乐祸，不提也罢。纪元前5世纪雅典的泰蒙，享尽了人间的荣华富贵，也吃尽了世态炎凉的苦头，他最了解金钱的性质，他认识了金钱的本来面目，钱是人类的公娼！与其像泰蒙那样疯狂而死，不如早些疏散资财，做些有益之事，清清白白，赤裸裸来去无牵挂。

钱神论

我在拙译莎士比亚《雅典的泰蒙》序里说："此剧有几段非常精彩的戏词，其中最著名的一段是泰蒙咒骂黄金（第四幕第三景）。金钱之为害人间，古今中外的文学家类多慨乎言之。（我们的晋书隐逸《鲁褒传》内有一篇《钱神论》就是一篇出色的讽刺文。）"

案晋书卷94鲁褒传的全文是这样的：

鲁褒，字元道，南阳人也。好学多闻，以贫素自立。元康之后纲纪大坏，褒伤时之贪鄙，乃隐姓名而著《钱神论》以刺之。其略曰："钱之为体有乾坤之象，内则其方，外则其圆。其积如山，其流如川。动静有时，行藏有节。市井便易，不患耗折，难折象寿，不匮象道，故能长久，为世神宝。亲之如兄，字曰孔方。失之则贫弱，得之则富昌。无翼而飞，无足而走。解严毅之颜，开难发之口。钱多者处前，钱少者居后。处前者为君长，在后者为臣仆。君长者丰衍而有余，臣仆者穷竭而不足。诗云：'哿矣富人，哀此茕独'，钱之为言泉也，无远不往，无幽不至。京邑衣冠，疲劳讲肆，厌闻清谈，对之睡寐，见我家兄，莫不惊视。钱之所佑，吉无不利。何必读书，然后富贵？昔吕公欣悦于空版，汉祖克之于嬴二，文君解布裳而被锦绣，相如乘高盖而解犊鼻，官尊名显，皆钱所致。空版至虚，而况有实，嬴二虽少，以致亲密。由此论之，谓为神物。无德而尊，无势而热。排金门而入紫闼。危可使安，死可使活，贵可使贱，生可使杀。是故忿争非钱不胜，幽滞非钱不拔，怨雠非钱不解，令问非钱不发。洛中朱衣，当途之士，爱我家兄，皆无已已，执我之手，抱我终始，不计优劣，不论年纪，宾客辐辏，门常如市。谚曰：'钱无耳可使鬼。'凡今之人，惟钱而已。故曰，军无财，士不来，军无赏，士不往。仕无中人，不如归田，虽有中人而无家兄，不异无翼而欲飞，无足而欲行。"盖疾时者共传其文。褒不仕，莫知其所终。

可惜晋书所载仅是其略，无从窥其全豹。晋书有注，引《全晋文》注曰："案钱神论，《艺文类聚》与《晋书》各有删节，尚非全篇。……"类聚卷66所载，与晋书所载文字上亦颇有出入。总之，鲁褒是一位高人，隐姓名而著钱神论，疾时者共传其文，所以全文虽传于后，仅赖口传，遂多异文。篇中警句是"无翼而飞，无足而走。解严毅之颜，开难发之口。……何必读书，然后富贵？……危可使安，死可使活，贵可使贱，生可使杀。"盖极言钱的力量足以淆惑是非颠倒贵贱。莎士比亚《雅典的泰蒙》有不谋而合的鞭辟入里的名句：

"这是什么？金子！黄澄澄的，亮晶晶的，宝贵的金子！……这么多的这种东西将要把黑变成白，丑变成美，非变成是，卑贱变成高贵，老变成少，怯懦变成勇敢。……这东西会把你们的祭司和仆人从你们身边拉走，把健壮大汉头下的枕头突然抽去；这黄色的奴才可以使人在宗教上团结或分离；使该受诅咒的得福；让浑身长满白皮癫的人受人喜爱；使盗贼成为显要，给他们官衔，受人的跪拜和颂扬，和元老们同席并坐；就是这个东西使得憔悴的寡妇能够再嫁；她，住花柳病院的和生大麻风的人看了都要恶心，但是这东西能把她熏香成为四月那样的鲜艳。……"

鲁褒写此文时，是在元康之后，元康是晋惠帝的年号（291—299），正是八王之乱的前夕（八王之乱是300—306），此文之作是在这一段天下骚动之时，必是伤时忧世，发为讽刺之论。而贫鄙之风又何曾以哪一段时间为限？古往今来，什么时代金钱不在作祟？在英国，摩尔的《乌托邦》就已对金钱有了深刻的认识，莎士比亚的泰蒙只是根据古代故事而刻画成的一个人物，他好像是"挥霍金钱"和"嫉恨人类"两种精神的拟人化。他对金钱之最恶毒的诅咒是"你这人类公用的娼妇"，这娼妇对人是一视同仁的，她没有阶级的歧视。

穷

　　人生下来就是穷的，除了带来一口奶之外，赤条条的，一无所有，谁手里也没有握着两个钱。稍稍长大一点，阶级渐渐显露，有的是金枝玉叶，有的是"杂和面口袋"。但是就大体而论，还是泥巴里打滚袖口上抹鼻涕的居多。儿童玩具本是少得可怜，而大概其中总还免不了一具"扑满"，瓦做的，像是陶器时代的出品，大的小的挂绿釉的都有，间或也有形如保险箱，有铁制的，这种玩具的用意就是警告孩子们，有钱要积蓄起来，免得在饥荒的时候受穷，穷的阴影在这时候就已罩住了我们！好容易过年赚来几块压岁钱，都被骗弄丢在里面了，丢进去就后悔，想从缝里倒出来是万难，用小刀拨也是枉然。积蓄是稍微有一点，穷还是穷。而且事实证明，凡是积在扑满里的钱，除了自己早早下手摔破的以外，大概后来就不知怎样就没有了，很少能在日后发生什么救苦救难的功效。等到再稍稍长大一点，用钱的欲望更大，看见什么都要流涎，手里偏偏是空空如也，那时候真想来一个十月革命。就是富家子也是一样，尽管是绮襦纨绔，他还是恨继承开始太晚。这时候他最感觉穷，虽然他还没认识穷。人在成年之后，开始面对着糊口问题，不但糊自己的口，还要糊附属人员的口，如果脸皮欠厚心地欠薄，再加上祖上是"忠厚传家诗书继世"的话，他这一生就休想能离开穷的掌握，人的一生，就是和穷挣扎的历史。和穷挣扎一生，无论胜利或失败，都是惨。能不和穷挣扎，或于挣扎之余还有点闲工夫做些别的事，那人是有福了。

所谓穷，也是比较而言。有人天天喊穷，不是今天透支，就是明天举债，数目大得都惊人，然后指着身上衣服的一块补丁或是皮鞋上的一条小小裂缝作为他穷的铁证。这是寓阔于穷，文章中的反衬法。也有人量入为出，温饱无虞，可是又担心他的孩子将来自费留学的经费没有着落，于是于自我麻醉中陷入于穷的心理状态。若是西装裤的后方越磨越薄，由薄而破，由破而织，由织而补上一大块布，细针密缝，老远的看上去像是一个圆圆的箭靶，（说也奇怪，人穷是先从裤子破起！）那么，这个人可是真有些近于穷了。但是也不然，穷无止境。"大雪纷纷落，我住柴火垛，看你们穷人怎么过！"穷人眼里还有更穷的人。

穷也有好处。在优裕环境里生活着的人，外加的装饰与铺排太多，可以把他的本来面目湮没无遗，不但别人认不清他真的面目，往往对他发生误会（多半往好的方面误会）就是自己也容易忘记自己是谁。穷人则不然，他的褴褛的衣裳等于是开着许多窗户，可以令人窥见他的内容，他的蓬门荜户，尽管是穷气冒三尺，却容易令人发现里面有一个人。人越穷，越靠他本身的成色，其中毫无夹带藏掖。人穷还可落个清闲，既少"车马驻江干"，更不会有人来求谋事，讣闻请笺都不会常常上门，他的时间是他自己的。穷人的穷是赤裸的，和别的穷人之间没有隔阂，所以穷人才最慷慨。金错囊中所余无几，买房置地都不够，反正是吃不饱饿不死，落得来个爽快，求片刻的快意。此之谓"穷大手"。我们看见过富家弟兄析产的时候把一张八仙桌子劈开成两半，不曾看见两个穷人抢食半盂残羹剩饭。

穷时受人白眼是件常事，狗不也是专爱对着鹑衣百结的人汪汪吗？人穷则颈易缩，肩易耸，头易垂，须发许是特别长得快，擦着墙边逡巡而过，不是贼也像是贼。以这种姿态出现，到处受窘。所以人穷则往往自然地有一种抵抗力出现，是名曰：酸。穷一经酸化，便不复是怕见人的东西。别看我衣履不整，我本来不以衣履见长！人和衣服架子本来是应该有分别的。别看我囊中羞涩，我有所不取；别看我落魄无聊，我有所不为，这样一想，一股浩然之气火辣辣的从丹田升起，腰板自然挺直，胸膛自然凸出，悲哀啸傲，无往不宜。在别人的眼里，他是一块茅厕砖——臭而且硬，可是，人穷而不志短者以此，布衣之士而可以傲王侯者亦以此，所以穷酸亦不可厚非，他不得不如此。穷若没有酸支持着，它不能持久。

扬雄有逐贫之赋，韩愈有送穷之文，理直气壮地要与贫穷绝缘；反倒被穷鬼说服，改容谢过肃之上座，这也是酸极一种变化。贫而能逐，穷而能送，何乐而不为？逐也逐不掉，送也送不走，只好硬着头皮甘与穷鬼为伍。穷不是罪过，但也究竟不是美德，值不得夸耀，更不足以傲人。典型的穷人该是颜回，一箪食，一瓢饮，在陋巷，不改其乐。不改其乐当然是很好，箪食瓢饮究竟不大好，营养不足，所以颜回活到三十二岁短命死矣。孔子所说"饭疏食饮水，曲肱而枕之，乐亦在其中矣。"譬喻则可，当真如此就嫌其不大卫生。

说 俭

俭是我们中国的一项传统美德。老子说他有三宝，其中之一就是"俭"，"俭故能广"。《易·否》："君子以俭德辟难。"书，太甲上："慎乃俭德，惟怀永图。"墨子，辞过："俭节则昌，淫逸则亡。"都是说俭才能使人有远大的前途，长久的打算，安稳的生活，古训昭然，不需辞费。读书人尤其喜欢以俭约自持，纵然显达，亦不欲稍涉骄溢，极端的例如正考父为上卿，坛粥以糊口，公孙宏位在三公，犹为布被，历史上都传为美谈。大概读书知礼之人，富在内心，应不以处境不同而改易其操守。佛家说法，七情六欲都要斩尽杀绝，俭更不成其为问题。所以，无论从哪一种伦理学说来看，俭都是极重要的一宗美德，所谓"俭，德之共也"就是这个意思。不过，理想自理想，事实自事实，侈靡之风亦不自今日始。1000多年前的司马温公在他著名的《训俭示康》一文里，对于当时的风俗奢侈即已深致不满。"走卒类士服，农夫蹑丝履"，他认为是怪事。士大夫随俗而靡，他更认为可异。可见美德自美德，能实践的人大概不多。也许正因为风俗奢侈，所以这一项美德才有不时地标出的必要。

在西洋，情形好像是稍有不同。柏拉图的"共和国"，列举"四大美德"（Cardinal Virtues），而俭不在其内，后来罗马天主教会补列三大美德，俭亦不包括在内。当然基督教主张生活节约，这是众所熟知的。有人问Thomas a Kempis（《效法基督》的作者）："你是过来人，请问和平在什么地方？"他回答说："在贫穷、在退隐、在与上帝同在。"不过这只是为修道之士说法，其境界不是一般人所能企及的。西洋哲学的主要领域是它的形而上学部分，伦理学不是主要部分，这是和我们中国传统迥异其趣的。所以在西洋俭的观念一向是很淡薄的。

西洋近代工业发达，人民生活水准亦因之而普遍提高。物质享受方面，以美国为最。美国是个年轻的国家，得天独厚，地大物博，人口稀少，秉承了欧洲近代文明的背景，而又特富开拓创造的精神，所以人民生活特别富饶，根本没有"饥荒心理"存在。美国人只要勤，并不要俭。有一分勤劳，即有一分收获；有一分收获，即有一分享受。美国的《独立宣言》明白道出其立国的目标之一是"追求幸福"，物质方面的享受当然是人生幸福中的一部分。"一箪食，一瓢饮"，在我们看是君子安贫乐道的表现，在美国人看是落伍的理想，至少是中古的禁欲派的行径。美国人不但要尽量享受，而且要尽量设法提前享受，分期付款制度的畅行，几乎使得人人经常的负上债务。

奢与俭本无明确界限，在某一时某一地并无亏于俭德之事，在另一时另一地即可构成奢侈行为。我们中国地大而物不博，人多而生产少，生活方式仍宜力持俭约。像美国人那样的生活方式，固可羡慕，但是不可立即模仿。英国讽刺文学家Swift说："砍掉双足，可以省去买鞋的麻烦。"我们盱衡国情，宁愿"削足适履"。现在国难方殷，我们处在戒严地区，上上下下更应该重视传统的俭德了。

勤

勤，劳也。无论劳心劳力，竭尽所能黾勉从事，就叫做勤。各行各业，凡是勤奋不怠者必定有所成就，出人头地。即使是出家的和尚，息迹岩穴，徜徉于山水之间，看破红尘，与世无争，他们也自有一番精进的功夫要做，于读经礼拜之外还要勤行善法不自放逸。且举两个实例：

一个是唐朝开元间的百丈怀海禅师，亲近马祖时得传心印，精勤不休。他制定了"百丈清规"，他自己笃实奉行，"一日不作，一日不食。"一面修行，一面劳作。"出坡"的时候，他躬先领导以为表率。他到了暮年仍然照常操作，弟子们于心不忍，偷偷地把他的农作工具藏匿起来。禅师找不到工具，那一天没有工作，但是那一天他也就真个的没有吃东西。他的刻苦的精神感动了不少的人。

另一个是清初的以山水画著名的石溪和尚。请看他自题《溪山无尽图》："大凡天地生人，宜清勤自持，不可懒惰。若当得个懒字，便是懒汉，终无用处。……残衲住牛首山房，朝夕焚诵，稍余一刻，必登山选胜，一有所得，随笔作山水数幅或字一段，总之不放闲过。所谓静生动，动必作出一番事业。端教一个人立于天地间无愧。若忽忽不知，懒而不觉，何异草木？"人而不勤，无异草木，这句话沉痛极了。过饱食终日无所用心的生活，英文叫做Vegetate，义为过植物的生活。中外的想法不谋而合。

勤的反面是懒。早晨躺在床上睡懒觉，起得床来仍是懒洋洋的不事整洁，能拖到明天做的事今天不做，能推给别人做的事自己不做，不懂的事情不想懂，不会做的事不想学，无意把事情做得更好，无意把成果扩展得更多，耽好逸乐，四体不勤，念念不忘的是如何过周末如何度假期。这就是一个标准懒汉的写照。

恶劳好逸，人之常情。就因为这是人之常情，人才需要鞭策自己。勤能补拙，勤能损欲，这还是消极的说法，勤的积极意义是要人进德修业，不但不同于草木，也有异于禽兽，成为名副其实的万物之灵。

廉

贪污的事，古今中外滔滔皆是，不谈也罢。孟子所说穷不苟求的"廉士"才是难能可贵，谈起来令人齿颊留芬。

东汉杨震，暮夜有人馈送十斤黄金，送金的人说："暮夜无人知。"杨震说："天知，神知，我知，子知，何谓无知？"这句话万古流传，直到晚近许多姓杨的人家常榜门楣曰"四知堂杨"。清介廉洁的"关西夫子"使得他家族后代脸上有光。

汉末有一位郁林太守陆绩（唐陆龟蒙的远祖），罢官之后泛海归姑苏家乡，两袖清风，别无长物，惟一空舟，恐有覆舟之虞，乃载一巨石镇之。到了家乡，将巨石弃置城门外，日久埋没土中。直到明朝弘治年间，当地有司曳之出土，建亭覆之，题其楣曰"廉石"。一个人居官清廉，一块顽石也得到了美誉。

"银子是白的，眼珠是黑的"，见钱而不眼开，谈何容易。一时心里把握不定，手痒难熬，就有堕入贪墨的泥沼之可能；这时节最好有人能拉他一把。最能使人顽廉懦立的莫过于贤妻良母。《列女传》：田稷子相齐，受下吏货金百镒，献给母亲。母亲说："子为相三年，禄未尝多若此也。安所得此？"他只好承认是得之于下。母亲告诫他说："士修身洁行，不为苟得。非义之事不计于心，非理之利不入于家……。不义之财非吾有也，不孝之子非吾子也。"这一番义正词严的训话把田稷子说得惭悚不已，急忙把金送还原主。按照我们现下的法律，如果是贿金，收受之后纵然送还，仍有受贿之嫌，纵然没有期约的情事，仍属有玷官箴。这种簠簋不修之事，当年是否构成罪状，固不得而知，从廉白之士看来总是秽行。我们注意的是田稷子的母亲真是识达大义，足以风世。为相三年，薪俸是有限的，焉有多金可以奉母？百镒不是小数，一镒就是24两，百镒就是2400两，一个人搬都搬不动，而田稷子的母亲不为所动。家有贤妻，则士能安贫守正，更是例不胜举，可怜的是那些室无莱妇的人，在外界的诱惑与阃内的要求两路夹击之下，就很容易失足了。

取不伤廉这句话易滋误解，一芥不取才是最高理想。晋陶侃"少为寻阳县吏，尝监鱼梁，以一坩鲊遗母，湛氏封鲊，反书责侃曰：'尔为吏，以官物遗我，非惟不能益吾，乃以增吾忧矣。'"（《晋书·陶侃母湛氏传》）。掌管鱼梁的小吏，因职务上的方便，把腌鱼装了一小瓦罐送给母亲吃，可以说是孝养之意，但是湛氏不受，送还给他，附带着还训了他一顿。别看一罐腌鱼是小事，因小可以见大。

谢承后汉书："巴祗为扬州刺史，与客暗饮，不燃官烛。"私人宴客，不用公家的膏火，宁可暗饮，其饮宴之赀，当然不会由公家报销了。因此我想起一件事：好久好久以前，丧乱中值某夫人于途，寒暄之余愀然告曰，"恕我们现在不能邀饮，因为中外合作的机关凡有应酬均需自掏腰包。"我闻之悚然。

还有一段有关官烛的故事。宋周紫芝《竹坡诗话》："李京兆诸父中有一人，极廉介，一日有家问，即令灭官烛，取私烛阅书，阅毕，命秉官烛如初。"公私分明到了这个地步，好像有一些迂阔。但是，"彼岂乐于迂阔者哉！"

不要以为志行高洁的人都是属于古代，今之古人有时亦可复见。我有一位同学供职某部，兼理该部刊物编辑，有关编务必须使用的信纸信封及邮票等等放在一处，私人使用之信函邮票另置一处，公私绝对分开，虽邮票信笺之微，亦不含混，其立身行事确砥砺廉隅有如是者！尝对我说，每获友人来书，率皆使公家信纸信封，心窃耻之，故虽细行不敢不勉。吾闻之肃然起敬。

懒

人没有不懒的。

大清早，尤其是在寒冬，被窝暖暖的，要想打个挺就起床，真不容易。荒鸡叫，由他叫。闹钟响，何妨按一下钮，在床上再赖上几分钟。白香山大概就是一个惯睡懒觉的人，他不讳言"日高睡足犹慵起，小阁重衾不怕寒"。他不仅懒，还馋，大言不惭地说："慵馋还自哂，快乐亦谁知？"白香山活了75岁，可是写了2790首诗，早晨睡睡懒觉，我们还有什么说的？

嬾字从女（按：嬾，今简化为懒），当初造字的人好像是对于女性存有偏见。其实勤与懒与性别无关。历史人物中，疏懒成性者嵇康要算是一位。他自承："不涉经学，性复疏懒，筋驽肉缓，头面常一月十五日不洗，不大闷痒，不能沐也。每常小便，而忍不起，令胞中略转，乃起耳。"同时，他也是"卧喜晚起"之徒，而且"性复多虱，把搔无已"。他可以长期地不洗头、不洗脸、不洗澡，以至于浑身生虱！和扪虱而谈的王猛都是一时名士。白居易"经年不沐浴，尘垢满肌肤"，还不是由于懒？苏东坡好像也够邋遢的，他有"老来百事懒，身垢犹念浴"之句，懒到身上蒙垢的时候才做沐浴之想。女人似不至此，尚无因懒而昌言无隐引以自傲的。主持中馈的一向是女人，缝衣捣砧的也一向是女人。"早起三光，晚起三慌"是从前流行的女性自励语，所谓三光、三慌是指头上、脸上、脚上。从前的女人，夙兴夜寐，没有不患睡眠不足的，上上下下都要伺候周到，还要揪着公鸡的尾巴就起来，来照顾她自己的"妇容"。头要梳，脸要洗，脚要裹。所以朝晖未上就花朵盛开的牵牛花，别称为"勤娘子"，懒婆娘没有欣赏的份，大概她只能观赏昙花。时到如今，情形当然不同，我们放眼观察，所谓前进的新女性，哪一个不是生龙活虎一般，主内兼主外，集家事与职业于一身？世上如果真有所谓懒婆娘，我想其数目不会多于好吃懒做的男子汉。北平从前有一个流行的儿歌："头不梳，脸不洗，拿起尿盆儿就舀米。"是夸张的讽刺。懒字从女，有一点冤枉。

凡是自安于懒的人，大抵有他或她的一套想法。可以推给别人做的事，何必自己做？可以拖到明天做的事，何必今天做？一推一拖，懒之能事尽矣。自以为偶然偷懒，无伤大雅。而且世事多变，往往变则通，在推拖之际，情势起了变化，可能一些棘手的问题会自然解决。"不需计较苦劳心，万事元来有命！"好像有时候馅饼是会从天上掉下来似的。这种打算只有一失，因为人生无常，如石火风灯，今天之后有明天，明天之后还有明天，可是谁也不知道自己还有没有明天。即使命不该绝，明天还有明天的事，事越积越多，越多越懒得去做。"虱多不痒，债多不愁"，那是自我解嘲！懒人做事，拖拖拉拉，到头来没有不丢三落四狼狈慌张的。你懒，别人也懒，一推再推，推来推去，其结果只有误事。

懒不是不可医，但须下手早，而且须从小处着手。这事需劳作父母的帮一把手。有一家三个孩子都贪睡懒觉，遇到假日还理直气壮的大睡，到时候母亲拿起晒衣服用的竹竿在三张小床上横扫，三个小把戏像鲤鱼打挺似的翻身而起。此后他们养成了早起的习惯，一直到大。父亲房里有几份报纸，欢迎阅览，但是他有一个怪毛病，任谁看完报纸之后，必须折好叠好放还原处，否则他就大吼大叫。于是三个小把戏触类旁通，不但看完报纸立即还原，对于其他家中日用品也不敢随手乱放。小处不懒，大事也就容易勤快。

我自己是一个相当懒的人，常走抵抗最小的路，虚掷不少的光阴。"架上非无书，眼慵不能看"（白香山句）。等到知道用功的时候，徒惊岁晚而已。英国18世纪的绥夫特，偕仆远行，路途泥泞，翌晨呼仆擦洗他的皮靴，仆有难色，他说："今天擦洗干净，明天还是要泥污。"绥夫特说："好，你今天不要吃早餐了。今天吃了，明天还是要吃。"唐朝的高僧百丈禅师，以"一日不作，一日不食"自励，每天都要劳动作农事，至老不休。有一天他的弟子们看不过，故意把他的农具藏了起来，使他无法工作，他于是真个的饿了自己一天没有进食。得道的方外的人都知道刻苦自律。清代画家石溪和尚在他一幅《溪山无尽图》上题了这样一段话，特别令人警惕。

"大凡天地生人，宜清勤自持，不可懒惰。若当得个懒字，便是懒汉，终无用处。……残衲住牛首山房朝夕焚诵，稍余一刻，必登山选胜，一有所得，随笔作山水数幅或字一段，总之不放闲过。所谓静生动，动必作出一番事业。端教一个人立于天地间无愧。若忽忽不知，懒而不觉，何异草木！"

一株小小的含羞草，尚且不是完全的"忽忽不知，懒而不觉！"若是人而不如小草，羞！羞！羞！

馋

馋，在英文里找不到一个十分适当的字。罗马暴君尼禄，以至于英国的亨利八世，在大宴群臣的时候，常见其撕下一根根又粗又壮的鸡腿，举起来大嚼，旁若无人，好一副饕餮相！但那不是馋。埃及废王法鲁克，据说每天早餐一口气吃20个荷包蛋，也不是馋，只是放肆，只是没有吃相。对某一种食物有所偏好，于是大量地吃，这是贪多无厌。馋，则着重在食物的质，最需要满足的是品味。上天生人，在他嘴里安放一条舌，舌上还有无数的味蕾，教人焉得不馋？馋，基于生理的要求；也可以发展成为近于艺术的趣味。

也许我们中国人特别馋一些。馋字从食，毚声。毚音谗，本义是狡兔，善于奔走，人为了口腹之欲，不惜多方奔走以膏馋吻，所谓"为了一张嘴，跑断两条腿"。真正的馋人，为了吃，决不懒。我有一位亲戚，属汉军旗，又穷又馋。一日傍晚，大风雪，老头子缩头缩脑偎着小煤炉子取暖。他的儿子下班回家，顺路市得四只鸭梨，以一只奉其父。父得梨，大喜，当即啃了半只，随后就披衣戴帽，拿着一只小碗，冲出门外，在风雪交加中不见了人影。他的儿子只听得大门哐啷一声响，追已无及。越一小时，老头子托着小碗回来了，原来他是要吃榅桲拌梨丝！从前酒席，一上来就是四干，四鲜、四蜜饯，榅桲、鸭梨是现成的，饭后一盘榅桲拌梨丝别有风味（没有鸭梨的时候白菜心也能代替）。这老头子吃剩半个梨，突然想起此味，乃不惜于风雪之中奔走一小时。这就是馋。

人之最馋的时候是在想吃一样东西而又不可得的那一段期间。希腊神话中之谭塔勒斯，水深及颚而不得饮，果实当前而不得食，饿火中烧，痛苦万状，他的感觉不是馋，是求生不成求死不得。馋没有这样的严重。人之犯馋，是在饱暖之余，眼看着、回想起或是谈论到某一美味，喉头像是有馋虫搔抓作痒，只好干咽唾沫。一旦得遂所愿，恣情享受，浑身通泰。抗战七八年，我在后方，真想吃故都的食物，人就是这个样子，对于家乡风味总是念念不忘，其实"千里莼羹，末下盐豉"也不见得像传说的那样迷人。我曾痴想北平羊头肉的风味，想了七八年；胜利还乡之后，一个冬夜，听得深巷卖羊头肉小贩的吆喝声，立即从被窝里爬出来，把小贩唤进门洞，我坐在懒凳上看着他于暗淡的油灯照明之下抽出一把雪亮的薄刀，横着刀刃片羊脸子，片得飞薄，然后取出一只蒙着纱布的羊角，洒撒上一些焦盐。我托着一盘羊头肉，重复钻进被窝，在枕上一片一片的羊头肉放进嘴里，不知不觉地进入了睡乡，十分满足地解了馋瘾。但是，老实讲，滋味虽好，总不及在痴想时所想象的香。我小时候，早晨跟我哥哥步行到大鹁鸽市陶氏学堂上学，校门口有个小吃摊贩，切下一片片的东西放在碟子上，洒上红糖汁、玫瑰木樨，淡紫色，样子实在令人垂涎欲滴。走近看，知道是糯米藕。一问价钱，要四个铜板，而我们早点费每天只有两个铜板。我们当下决定，饿一天，明天就可以一尝异味。所付代价太大，所以也不能常吃。糯米藕一直在我心中留下不可磨灭的印象。后来成家立业。想吃糯米藕不费吹灰之力，餐馆里有时也有供应，不过浅尝辄止，不复有当年之馋。

馋与阶级无关。豪富人家，日食万钱，犹云无下箸处，是因为他这种所谓饮食之人放纵过度，连馋的本能和机会都被剥夺了，他不是不馋，也不是太馋，他麻木了，所以他就要千方百计地在食物方面寻求新的材料、新的刺激。我有一位朋友，湖南桂东县人，他那偏僻小县却因乳猪而著名，他告诉我说每年某巨公派人前去采购乳猪，搭飞机运走，充实他的郇厨。烤乳猪，何地无之？何必远求？我还记得有人治寿筵，客有专诚献"烤方"者，选尺余见方的细皮嫩肉的猪臀一整块，用铁钩挂在架上，以炭肉燔炙，时而武火，时而文火，烤数小时而皮焦肉熟。上桌时，先是一盘脆皮，随后是大薄片的白肉，其味绝美，与广东的烤猪或北平的炉肉风味不同，使得一桌的珍馐相形见绌。可见天下之口有同嗜，普通的一块上好的猪肉，苟处理得法，即快朵颐。像世说所谓，王武子家的蒸腨，乃是以人乳喂养的，实在觉得多此一举，怪不得魏武未终席而去。人是肉食动物，不必等到"七十者可以食肉矣"，平素有一些肉类佐餐，也就可以满足了。

北平人馋，可是也没听说有谁真个馋死，或是为了馋而倾家荡产。大抵好吃的东西都有个季节，逢时按节的享受一番，会因自然调节而不逾矩。开春吃春饼，随后黄花鱼上市，紧接着大头鱼也来了，恰巧这时候后院花椒树发芽，正好掐下来烹鱼。鱼季过后，青蛤当令。紫藤花开，吃藤萝饼，玫瑰花开，吃玫瑰饼；还有枣泥大花糕。到了夏季，"老鸡头才上河哟"，紧接着是菱角、莲蓬、藕、豌豆糕、驴打滚、艾窝窝，一起出现。席上常见水晶肘，坊间唱卖烧羊肉，这时候嫩黄瓜、新蒜头应时而至。秋风一起，先闻到糖炒栗子的气味，然后就是炮烤涮羊肉，还有七尖八团的大螃蟹。"老婆老婆你别馋，过了腊八就是年。"过年前后，食物的丰盛就更不必细说。一年四季地馋，周而复始地吃。

馋非罪，反而是胃口好、健康的现象，比食而不知其味要好得多。

职　业

职业，原指有官职的人所掌管的业务，引申为一切正当合法的谋生糊口的行当。一百二十行，乃至三百六十行，都可视为职业。纡青拖紫，服冕乘轩，固然是乐不可量的职业，引车卖浆，贩夫走卒之辈，也各有其职业。都是啖饭，惟其饭之精粗美恶不同耳。

宋沈括《梦溪笔谈》："林君复多所乐，惟不能着棋，尝言：'吾于世间事，惟不能担粪着棋耳！'"着棋与担粪并举，盖极形容二者皆为鄙事，表示不屑之意。正如今看来，担粪是农家子不可免的劳动，阵阵的木樨香固然有得消受，但是比起某一些蝇营狗苟的宦场中人之蛇行匍匐，看上司的嘴脸，其龌龊难当之状为何如？至于弈棋，虽曰小道，亦有可观，比饱食终日言不及义要好一些，且早已成为文人雅士的消遣，或称坐稳，或谓手谈。今则有职业棋士，犹拳击之有职业拳手。着棋也是职业。

我的职业是教书，说得文雅一点是坐拥皋比，说得难听一些是吃粉笔末。其实哪有皋比可坐，课室里坐的是冷板凳。前几年我的一位学生自澳洲来，贻我袋鼠皮一张，旋又有绵羊皮一张，在寒冷时铺在我房里的一把小小的破转椅上，这才隐隐然似有坐拥皋比之感。粉笔末我吃得不多，只因我懒，不大写黑板。教书好歹是个职业，至于在别人眼里这是什么样的一种职业，我也管不了许多。通常一般人说教书是清高的职业，我听了就觉得惭愧。"清"应该作"清寒"解，有一阵子所谓清寒教授在逢年过节的时候可以轮流领到小小一笔钱，是奖励还是慰问，我记不得了，我也叨领过一两次，具领之际觉得有一丝寒意，清寒的寒。至于"高"，更不知从何说起了，除非是指那座高高的讲台。

有些心直口快的人对于教书的职业作较彻底的评估。记得我在抗战胜利后返回家乡，遇到一位拐弯抹角的亲戚，初次谋面不免寒暄几句，他问我"在什么地方得意"，我据实以告，在某某学校教书，他登时脸色一变，随口吐出一句真言："啊，吃不饱，饿不死。"这似是实情，但也是夸张。以我所知，一般教授固然不能像东方朔所说"侏儒饱欲死"，也不见得都像杜工部所形容的"甲第纷纷厌粱肉，广文先生饭不足"，饭还是吃饱了的，没听说有谁饿死，顶多是脸上略有菜色而已。然而我听了这样率直的形容，好像是在人面前顿时矮了一截。在这"吃不饱饿不死"状态之下，居然延年益寿，拖了几十年，直到"强迫退休"之后又若干年的今天。说不定这正是拜食无求饱之赐。

有一回应邀参加一次宴会，举座几乎尽是权门显要，已经有"衣敝缊袍与衣狐貉者立"的感觉，万没想到其中有一位却是学优而仕平步青云的旧相识，他好像是忘了他和我一样在同一学校曾经执教，几杯黄汤下肚之后，他再也按捺不住，歪头苦笑睇我而言曰："你不过是一个教书匠，胡为厕身我辈间？"此言一出，一座尽惊。主人过意不去，对我微语："此公酒后，出言无状。"其实酒后吐真言，"教书匠"一语夙所习闻，只是尊俎间很少以此直呼。按教书能而成匠，亦非易事。必须对其所学了如指掌，然后才能运用匠心教人以规矩，否则直是戾家。焉能问世？我不认为教书匠是轻蔑语。

如今在学校教书，和从前不同，像马融"坐高堂，施绛纱帐；前授生徒，后列女乐"那样的排场，固然不敢想象，就是晚近三家村的塾师动不动拿起烟袋锅子敲脑壳的威风亦不复见。我小时候给老师送束脩，用大红封套，双手奉上，还要深深一揖。如今老师领薪，要自己到出纳室去，像工厂发工资一样。教师是佣工的性质。听说有些教师批改作文卷子不胜其烦，把批改的工作发包出去，大包发小包，居然有行有市。

尊师重道是一个理想，大概每年都有人口头上说一次。大学教授之"资深优良"者有奖，照章需要自行填表申请。我自审不合格，故不欲填表，但是有一年学校主事者认为此事与学校颜面有关，未征同意就代为申请了，列为是三十年资深优良教师之一。经层峰核可，颁发奖金匾额。我心里悬想，匾额之颁发或有相当仪式，也许像病家给医师挂匾，一路上吹吹打打，甚至放几声鞭炮，门口围上一些看热闹的人。我想错了。一切从简。门铃响处，一位工友满头大汗，手提一个相当大的镜框（比理发店墙上挂的大得多），问明主人姓氏，像是已经验明正身，把手中的镜框丢在地上，扬长而去。镜框里是四个大字（记不得是什么字了），有上款下款，朱印烂然。我叹息一声，把它放在我认为应该放置的地方。

教书这种职业有其可恋的地方。上课的时间少，空余的闲暇多，应付人事的麻烦少，读书进修的机会多。俗语说："讨饭三年，给知县都不做。"实在是懒散惯了，受不得拘束。教书也是如此，所以我滥竽上庠，一蹭就是几十年，直到有一天听说法令公布，65岁强迫退休。退休是好事，求之不得，何必强迫？我立刻办理手续，当时真有朋友涕泣以告："此事万万使不得，赶快申请延期，因为一旦退休，生活顿失常态，无法消遣，不知所措。可能闷出病来，加速你的老化。"我没听。今已退休20年，仍觉时间不够用，一天只有24小时。

退休给我带来一点小小的困扰。有一年要换新的身份证。我在申请表格职业栏里除原有的"某校教授"字样下面加添一个括弧，内书"退休"二字。办事的老爷大概是认为不妥。新身份证发下，职业一栏干脆是一个"无"字。又过几年，再换身份证，办事的老爷也许也发觉不妥，在"无"字下又添了一个括弧，内书"退休"。其实职业一栏填个"无"字并不算错。本来以教书为业，既已退休，而且是当真退休，不是从甲校退休改在乙校授课，当然也就等于是无业，也可说是长期失业。只是"无业"二字，易与"游民"二字连在一起，似觉脸上无光。可是回心一想，也就释然。《大戴礼记·曾子立事第四十九》："其少不讽诵，其壮不论议，其老不教诲，亦可谓无业之人矣。"我是道道地地的一个"无业之人"。

雪

李白句："燕山雪花大如席。"这话靠不住，诗人夸张，犹"白发三千丈"之类。据科学的报道，雪花的结成视当时当地的气温状况而异，最大者直径三至四英寸。大如席，岂不一片雪花就可以把整个人盖住？雪，是越下得大越好，只要是不成灾。雨雪霏霏，像空中撒盐，像柳絮飞舞，缓缓然下，真是有趣，没有人不喜欢。有人喜雨，有人苦雨，不曾听说谁厌恶雪。就是在冰天雪地的地方，爱斯基摩人也还利用雪块砌成圆顶小屋，住进去暖和得很。

赏雪，须先肚中不饿。否则雪虐风饕之际，饥寒交迫，就许一口气上不来，焉有闲情逸致去细数"一片一片又一片……飞入梅花都不见"？后汉有一位袁安，大雪塞门，无有行路，人谓已死，洛阳令令人除雪，发现他在屋里僵卧，问他为什么不出来，他说："大雪人皆饿，不宜干人。"此公戆得可爱，自己饿，料想别人也饿。我相信袁安僵卧的时候一定吟不出"风吹雪片似花落"之类的句子。晋王子猷居山阴，夜雪初霁，月色清朗，忽然想起远在剡的朋友戴安道，即便夜乘小舟就之，经宿方至，造门不前而返。假如没有那一场大雪，他固然不会发此奇兴，假如他自己饘粥不继，他也不会风雅到夜乘小船去空走一遭。至于谢安石一门风雅，寒雪之日与儿女吟诗，更是富贵人家事。

一片雪花含有无数的结晶，一粒结晶又有好多好多的面，每个面都反射着光，所以雪才显着那样的洁白。我年轻时候听说从前有烹雪论茗的故事，一时好奇，便到院里就新降的积雪掬起表面的一层，放在甑里融成水，煮沸，走七步，用小宜兴壶，沏大红袍，倒在小茶盅里，细细品啜之，举起喝干了的杯子就鼻端猛嗅三两下——我一点也不觉得两腋生风，反而觉得舌本闲强。我再检视那剩余的雪水，好像有用矾打的必要！空气污染，雪亦不能保持其清白。有一年，我在汴洛道上行役，途中车坏，时值大雪，前不巴村后不着店，饥肠辘辘，乃就路边草棚买食，主人飨我以挂面，我大喜过望。但是煮面无水，主人取洗脸盆，舀路旁积雪，以混沌沌的雪水下面。虽说饥者易为食，这样的清汤挂面也不是顶容易下咽的。从此我对于雪，觉得只可远观，不可亵玩。苏武饥吞毡渴饮雪，那另当别论。

雪的可爱处在于它的广被大地，覆盖一切，没有差别。冬夜拥被而眠，觉寒气袭人，蜷缩不敢动，凌晨张开眼皮，窗棂窗帘隙处有强光闪映大异往日，起来推窗一看，——啊，白茫茫一片银世界。竹枝松叶顶着一堆堆的白雪，杈芽老树也都镶了银边。朱门与蓬户同样的蒙受它的沾被，雕栏玉砌与瓮牖桑枢没有差别待遇。地面上的坑穴洼溜，冰面上的枯枝断梗，路面上的残刍败屑，全都罩在天公抛下的一件鹤氅之下。雪就是这样的大公无私，装点了美好的事物，也遮掩了一切的芜秽，虽然不能遮掩太久。

雪最有益于人之处是在农事方面。我们靠天吃饭，自古以来就看上天的脸色，"上天同云，雨雪雰雰。……既霑既足，生我百谷。"俗语所说"瑞雪兆丰年"，即今冬积雪，明年将丰之谓。不必"天大雪，至于牛目"，盈尺就可成为足够的宿泽。还有人说雪宜麦而辟蝗，因为蝗遗子于地，雪深一尺则入地一丈，连虫害都包治了。我自己也有过一点类似的经验，堂前有芍药两栏，书房檐下有玉簪一畦，冬日几场大雪扫积起来，堆在花栏花圃上面，不但可以使花根保暖，而且来春雪融成了天然的润溉，大地回苏的时候果然新苗怒发，长得十分茁壮，花团锦簇。我当时觉得比堆雪人更有意义。

据说有一位枭雄吟过一首咏雪的诗："黄狗身上白，白狗身上肿，出门一啊喝，天下大一统。"俗话说"官大好吟诗"，何况一位枭雄在夤缘际会踌躇满志的时候？这首诗不是没有一点巧思，只是趣味粗犷得可笑，这大概和出身与气质有关。相传法国皇帝路易十四写了一首三节联韵诗，自鸣得意，征求诗人批评家布洼娄的意见，布洼娄说："陛下无所不能，陛下欲做一首歪诗，果然做成功了。"我们这位枭雄的咏雪，也应该算是很出色的一首歪诗。

四君子

梅、兰、竹、菊，号称花中四君子，其说始于何时，创自何人，我不大清楚。集雅斋梅竹兰菊四谱，小引云："文房清供，独取梅竹兰菊四君者，无他，则以其幽芬逸致，偏能涤人之秽肠而澄莹其神骨。"四君子风骨清高固无论已，但是初学花卉者总是由此入手，记得幼时模拟芥子园画谱就是面对几页梅兰竹菊而依样画葫芦，盖取其格局笔路比较简单明了容易下笔。其中有多少幽芬逸致，彼时尚难领略。最初是画梅，我根本不曾见过梅花树，细枝粗干，勾花点蕊，辄沾沾自喜，以为暗香疏影亦不过如是，直到一位朋友给我当头一棒："吾家之犬，亦优为之。"从此再也不敢动笔。兰花在北方是少见的，我年轻时只见过一次，那是有人从福建"捧"到北方来的一盆素心兰，放在女主人屋角一只细高的硬木架上，居然抽茎放蕊，听说有幽香盈室（我闻不到），我只看到乱蓬蓬的像是一丛野草。竹子倒不大稀罕，不过像林处士所谓"竹树绕吾庐，清深趣有余"，对我而言一直是想象中的境界。所以竹雨是什么样子，竹香是什么味道，竹笑是什么神情，我都不大了解。有人说："喜写兰，怒写竹。"这话当然有道理，但我有喜怒却没有这种起升华作用的才干。至于菊，直是满坑满谷，何处无之，难得在东篱下遇见它而已。近日来艺菊者往往过分溺爱，大量催肥，结果是每个枝头顶着一个大馒头，帘卷西风，花比人痴胖！这时候，谁还要为它写生？

我年事渐长，慢慢懂了一点道理，四君子并非是浪博虚名，确是各自有它的特色。梅，剪雪裁冰，一身傲骨；兰，空谷幽香，孤芳自赏；竹，筛风弄月，潇洒一生；菊，凌霜自得，不趋炎热。合而观之，有一共同点，都是清华其外，淡泊其中，不作媚世之态。画，不是纯技术的表现，画的里面有韵味，画的背后有个人。画家的胸襟风度不可避免地会流露在画面之上。我尝以为，惟有君子才能画四君子，才能恰如其分表达出四君子的风骨。艺术，永远是人性的表现。惟有品格高超的人才能画出趣味高超的画。

刘延涛先生的四君子图，我认为实在是近年来罕见的精品，是四幅水墨画，不但画好，诗书也配合得好，看得出来是趁墨沈未干时就蘸着余墨题诗，一气呵成，墨色匀称。诗、书、画，浑然成为一体。四君子加上画家，应该是五君子了。画成于1963年、1964年间，我最初记得是在七友画展中见到的，印象极深。如今张在壁上，我乃能朝夕相对，令人翛然心远，俗虑顿消。画的题识是这样的：

最是傲霜菊亦残，更无雁字报平安，

少年意气消沉尽，自写梅花共岁寒。

故园清芬久寂寞，滋兰九畹不为多，
殷勤护得灵根旧，我欲飞投向汨罗。

高节临风夏亦寒，虚心阅世始能安，
于今渐悟修身法，日日砚田种万竿。

篱下寄居非得计，瓶中供养更堪哀，
何如大野友寒翠，迎接霜风次第开。

关于苹果

　　我一向不爱吃苹果，倒不是为了西方人传说夏娃吃了禁果而犯了世世代代的滔天大罪，亚当吞了苹果而卡在喉咙里变成为喉结，因而产生反感。我对这秀色可餐的果实发生反感，是因为幼时在北平只有在过年的时候才有机会亲近它的颜色，年关将届预订的苹果便盛在糊纸的笼筐里挑到了家门，五只成一单位放在高脚锡盘上，佛龛前四盘，祖先牌位前四盘，白里透绿，绿里透红，看得孩子们馋涎欲滴，要等到正月十五撤供，才能每人分上一两只，那时节由于烟熏火燎，早已成为金玉其外败絮其中了！

　　这种苹果后来好像渐渐被淘汰了。苹果，像许多其他的水果一样，大概不是我们中国固有的。《本草纲目》："柰与林檎，一类二种，实似林檎而大，一名频婆。"频婆即苹果，是梵语，据西方辞典所载苹果最早见于高加索一带，后来才繁衍至其他各处，传至中国好像是很晚近的事。柰字见说文，可是柰究竟是否今之苹果，不敢确定，因为这一科的植物品类甚多。看我们国画花卉蔬果一类，似无苹果，想来大概不是有悠久历史的东西。我后来旅居山东，知道烟台一带产量甚丰，但是色香味已非我幼时所见苹果那样，显然是新的外来的品种，有所谓香蕉苹果者，风味特佳。

韩国的苹果，大而无味。我在30年前途经仁川，购得一篓，携归船上，码头上恶少成群，公然攫夺，到得船上只剩了半篓。这是韩国给我的小小印象之一。

苹果传到美国不到两百年。约翰·查普曼（1774—1845）绰号"苹果种子先生"，他推广苹果的种植近于热狂。现在华盛顿州雅奇玛一带是美国盛产苹果的地区之一，已有一百年历史。果熟时来不及摘取，常有大批的墨西哥人以较低工资前去应雇。顾客自行动手摘取，亦在欢迎之列。苹果种类多达三千，最著者则不外红黄二种，品质佳者甜脆多汁，入口稍加咀嚼即有浆汁汩汩下咽。遇到苹果园主人制作苹果汁，则常被邀饮，浓浓的，混混的，甜甜的，那风味不是瓶装罐头装的可以比的。苹果产量太多，所以商人就捏造了一句箴言"日食苹果一个，医生不需看我"，上口合辙，居然腾播于众人之口。其实这只是商业广告的噱头，毫无事实根据。一个中等大小的苹果，平均重量为150克，其中所含之维他命C不过3公丝，中号180克的橘柑所含之维他命C为66公丝，相差不可以道里计。苹果对人健康之主要贡献乃其纤维质，有清肠之功，然此种纤维质在杂粮蔬菜之中所在皆是。

低回于苹果树下，不禁忆起儿童读物中所描述的牛顿。牛顿24岁时在苹果树下，看见苹果落地（说得更戏剧化一些则是苹果正好打在他的头上），于是顿悟，悟出了万有引力的道理，其实这是误会。科学上的一项重要原理，焉能于无意中得之，天下哪有这样便宜的事？牛顿在看到苹果落地以前，早已在穷搜冥讨，考虑月亮、地球及其他星体运转的问题，他早已有所发明，看到苹果落地不过给了他灵感，他从而获得新的印证而已。否则，落地者岂止苹果，看到苹果落地者又岂止牛顿一人？

那棵苹果树早已死了，好事者把那棵树的木头一块块地锯下来，高价出售，作为纪念品。

盆　景

　　我小时候，看见我父亲书桌上添了一个盆景，我非常喜爱。是一盆文竹，栽在一个细高的方形白瓷盆里，似竹非竹，细叶嫩枝，而不失其挺然高举之致。凡物小巧则可爱。修篁成林，蔽不见天，固然幽雅宜人，而盆盎之间绿竹猗猗，则亦未尝不惹人怜。文竹属百合科，当时在北方尚不多见。

　　我父亲为了培护他这个盆景，费了大事。先是给它配上一个不大不小的硬木架子，安置在临窗的书桌右角，高高地傲视着居中的砚田。按时浇水，自不待言，苦的是它需阳光照晒，晨间阳光晒进窗来，便要移盆就光，让它享受那片刻的煦暖。若是搬到院里，时间过久则又不胜骄阳的肆虐。每隔一两年要翻换肥土，以利新根。败枝枯叶亦须修剪。听人指点，用笔管戳土成穴，灌以稀释的芝麻酱汤，则新芽苗发，其势甚猛。有一年果然抽芽蹿长，长至数尺而意犹未尽，乃用细绳吊系之，使缘窗匍行，如茑萝然。

　　此一盆景陪伴先君二三十年，依然无恙。后来移我书斋之内，仍能保持常态，在我凭几写作之时，为我增加情趣不少。嗣抗战军兴，家中乏人照料，冬日书斋无火，文竹终于僵冻而死。丧乱之中，人亦难保，遑论盆景！然我心中至今戚戚。

这一盆文竹乃购自日商，日本人好像很精于此道。所制盆栽，率皆枝条掩映，俯仰多姿。尤其是盆栽的松柏之属，能将文理盘错的千寻之树，缩收于不盈咫尺的缶盆之间，可谓巧夺天工。其实盆栽之术，源自我国，日人善于模仿，巧于推销，百年来盆栽遂亦为西方人士所嗜爱。Bonsai一语实乃中文盆栽二字之音译。

据说盆景始于汉唐，盛于两宋。明朝吴县人王鏊作《姑苏志》有云："虎邱人善于盆中植奇花异卉，盘松古梅，置之几案，清雅可爱，谓之盆景。"是姑苏不仅擅园林之美，且以盆景之制作驰誉于一时。刘銮《五石瓠》："今人以盆盎间树石为玩，长者屈而短之，大者削而约之，或肤寸而结果实，或咫尺而蓄虫鱼，概称盆景，元人谓之些子景。""些子"大概是元人语，细小之意。

我多年来漂泊四方，所见盆景亦伙，南北各地无处无之，而技艺之精则均与时俱进。见有松柏盆景，或根株暴露，作龙爪攫拿之状，名曰"露根"。或斜出倒挂于盆口之外，挺秀多姿，俨然如黄山之"蒲团""黑虎"，名曰"悬崖"。或一株直立，或左右并生，无不于刚劲挺拔之中展露搔首弄姿之态。甚至有在浅钵之中植以枫林者，一二十株枫树集成丛林之状，居然叶红似火，一片霜林气象。种种盆景，无奇不有，纳须弥于芥子，取法乎自然。作为案头清供，诚为无上妙品。近年有人以盆景为专业，有时且公开展览，琳琅满目，洋洋大观。盆景之培养，需要经年累月，悉心经营，有时甚至经数十年之辛苦调护方能有成。或谓有历千百年之盆景古木，价值连城，是则殆不可考，非我所知。

盆景之妙虽尚自然，然其制作全赖人工。就艺术观点而言，艺术本为模仿自然。例如图画中之山水，尺幅而有千里之势。杜甫望岳，层云荡胸，飞鸟入目，也是穷目之所极而收之于笔下。盆景似亦若是，惟表现之方法不同。黄山之松，何以有那样的虬蟠之态？那并不是自然的生态。山势确莘，峭崖多隙，松生其间，又复终年的烟霞翳薄，夙雨飕飕，当然枝柯虬曲，甚至倒悬，欲直而不可得。原非自然生态之松，乃成为自然景色之一部。画家喜其奇，走笔写松遂常作龙蟠虬曲之势。制盆景者师其意，纳小松于盆中，培以最少量之肥土，使之滋长而不过盛，芟之剪之，使其根部坐大，又用铅铁丝缚绕其枝干，使之弯曲作态而无法伸展自如。

艺术与自然本是相对的名词。凡是艺术皆是人为的。西谚有云：Ars est celare artem（真艺术不露人为的痕迹），犹如吾人所谓"无斧凿痕"。我看过一些盆景，铅铁丝尚未除去，好像是五花大绑，即或已经解除，树皮上也难免皮开肉绽的疤痕。这样艺术的制作，对于植物近似戕害生机的桎梏。我常在欣赏盆景的时候，联想到在游艺场中看到的一个患侏儒症的人，穿戴齐整地出现在观众面前，博大家一笑。又联想到从前妇女的缠足，缠得趾骨弯折，以成为三寸金莲，作摇曳婀娜之态！

　　我读龚定盦《病梅馆记》，深有所感。他以为一盆盆的梅花都是匠人折磨成的病梅，用人工方法造成的那副弯曲佝偻之状乃是病态，于是他解其束缚，脱其桎梏，任其无拘无束的自然生长，名其斋为病梅馆。龚氏此文，常在我心中出现，令我憬然有悟，知万物皆宜顺其自然。盆景，是艺术，而非自然。我于欣赏之余，真想效龚氏之所为，去其盆盎，移之于大地，解其缠缚，任其自然生长。

树犹如此

奥斯丁的小说Sense and Sensibility里面的一个人物爱德华佛拉尔斯说过这样的一句话："我不喜欢弯曲的、扭卷的、受过摧残的树。如果它们长得又高又直，并且茂盛，我便更能欣赏它们。"我有同感。

在这亚热带的城市里住了20多年，所看见的树令人觉得愉快的并不太多。椰子树、槟榔树，倒是又高又直，像电线杆子似的，又像是摔头的鸡毛帚，能说是树么？难得看到像样子的枝叶扶疏的树。有时候驱车经过一段马路看见两排重阳木，相当高大，很是壮观，顿时觉得心中一畅。龙柏、马尾松之类有时在庭园里也能看到，但多少总是罩上了一层晦气，是烟，是灰，是尘？一定要到郊外，像阳明山，才能看见娇翠欲滴的树，总像是刚被雨水洗过的样子。有一次登阿里山，才算是看见了真正健康的树，有苗壮的幼苗，有参天的古木，有腐朽的根株。在规模上和美国华盛顿州奥仑匹亚半岛的国家森林固不能比，但其原始的蛮荒的气味则殊无二致。稍有遗憾的是，凡大森林都嫌单调，杉就是杉，柏就是柏，没有变化。我们中国人看树，特别喜欢它的姿态，会心处并不在多。芥子园画谱教人画树，三株一簇，五株一簇，其中的树叶有圆圈，有个字，也有横点，说不出是什么树，反正是各极其妍。艺术模仿自然，自然也模仿艺术。要不然，我们怎会说某一棵树有画意，可以入画呢？但是树也不一定要虬曲蟠结才算是美。事实上，那些横出斜逸的树往往是意外所造成的，或是生在峭壁的罅隙里，或是经年遭受狂风的打击，所以才有那一副不寻常的样子。犹之人也有不幸而跛足驼背者。我们不能说只有畸形残废的才算是美。

盆栽之术，盛行于东瀛，实在是源于我国，江南一带的名园无不有此点缀。《姑苏志》："虎邱人善于盆中植奇花异卉，盘松古梅，置之几案，清雅可爱，谓之盆景。"即使一个古色古香的盆子，种上一丛文竹，放在桌上，时有新条茁长，即很有可观，不要奇花异卉。比瓶中供养或插花之类要自然得多。曾见有人折下两朵红莲，插在一只长颈细腰的霁红瓶里，亭亭玉立，姿态绰约，但是总令人生不快之感，不如任它生长在淤泥之中。美人可爱，但不能像沙洛美似的把头切下来盛在盘子里。盆栽的工人通常用粗硬铁丝把小树的软条捆绕起来，然后弯曲之，使成各种固定的姿态，不仅像是五花大绑，而且是使铁丝逐渐陷入树皮之中的酷刑。树何曾不想挣脱羁绊，但是不得不屈服在暴力之下！而且那低头匍匐的惨状还要展览示众！

凡艺术作品，其尺寸大小自有其合理的限制。佛像的塑造或图画无妨尽量的大，因为其目的本来是要造成一种庄严威慑的气势，不如此，那些善男信女怎么五体投地地膜拜呢？活人则不然。普通人物画总是最多以不超过人之原有的尺寸为度。一个美人的绘像，无论如何不能与庙门口的四大金刚看齐。树和人一样，松柏之类天生高耸参天，若是勉强它局促在一个盆子之内，它也能活，但是它未能尽其天性。我看过一盆号称千年古梅的盆景。确实是很珍贵，很难得，也很有趣，但是我总觉得它像是马戏团的侏儒。

　　清龚定盦写过一篇文章，题为《病梅馆记》。从前小学教科书国文课本里选过这篇文章，给人的印象很深。他有很多盆梅，都是加过人工的，他于心不忍，一一解其束缚，使能恢复正常之生长，因以"病梅馆"名其居。我手边没有龚定盦的集子，无从查考原文，因看到奥斯丁小说中之一语而联想及之。

旧

　　"我爱一切旧的东西——老朋友，旧时代，旧习惯，古
书，陈酿；而且我相信，陶乐赛，你一定也承认我一向是很喜
欢一位老妻。"这是高尔斯密的名剧《委曲求全》（She Stoops
to Conquer）中那位守旧的老头儿哈德卡索先生说的话。他的夫
人陶乐赛听了这句话，心里有一点高兴，这风流的老头子还是
喜欢她，但是也不是没有一点愠意，因为这一句话的后半段说
穿了她的老。这句话的前半段没有毛病，他个人有此癖好，干
别人什么事？而且事实上有很多人颇具同感，也觉得一切东西
都是旧的好，除了朋友、时代、习惯、书、酒之外，有数不尽
的事物都是越老越古越旧越陈越好。所以有人把这半句名言用
花体正楷字母抄了下来，装在玻璃框里，挂在墙上，那意思好
像是在向喜欢除旧布新的人挑战。

　　俗语说，"人不如故，衣不如新"。其实，衣着之类还是
旧的舒适。新装上身之后，东也不敢坐，西也不敢靠，战战兢
兢。我看见过有人全神贯注在他的新西装裤管上的那一条直
线，坐下之后第一桩事便是用手在膝盖处提动几下，生恐膝部
把他的笔直的裤管撑得变成了口袋。人生至此，还有什么趣味

可说！看见过爱因斯坦的小照么？他总是披着那一件敞着领口胸怀的松松大大的破夹克，上面少不了烟灰烧出的小洞，更不会没有一片片的汗斑油渍，但是他在这件破旧衣裳遮盖之下优哉游哉的神游于太虚之表。《世说新语》记载着："桓车骑不好着新衣，浴后妇故进新衣与，车骑大怒，催使持去，妇更持还，传语云，'衣不经新，何由得故？'桓公大笑着之。"桓冲真是好说话，他应该说，"有旧衣可着，何用新为？"也许他是为了保持阃内安宁，所以才一笑置之。"杀头而便冠"的事情，我还没有见过；但是"削足而适履"的行为，则颇多类似的例证。一般人穿的鞋，其制作设计很少有顾到一只脚是有五个趾头的，穿这样的鞋虽然无需"削"足，但是我敢说五个脚趾绝对缺乏生存空间。有人硬是觉得，新鞋不好穿，敝屣不可弃。

"新屋落成"，金圣叹列为"不亦快哉"之一，快哉尽管快哉，随后那"树小墙新"的一段暴发气象却是令人难堪。

"欲存老盖千年意，为觅霜根数寸栽"，但是需要等待多久！一栋建筑要等到相当破旧，才能有"树林阴翳，鸟声上下"之趣，才能有"苔痕上阶绿，草色入帘青"之乐。西洋的庭园，不时地要剪草，要修树，要打扮得新鲜耀眼，我们的园艺的标准显然的有些不同，即使是帝王之家的园囿也要在亭阁楼台画栋雕梁之外安排一个"濠濮间""谐趣园"，表示一点点陈旧古老的萧瑟之气。至于讲学的上庠，要是墙上没有多年蔓生的常春藤，基脚上没有远年积留的苔藓，那还能算是第一流么？

旧的事物之所以可爱，往往是因为它有内容，能唤起人的回忆。例如阳历尽管是我们正式采用的历法，在民间则阴历仍不能废，每年要过两个新年，而且只有在旧年才肯"新桃换旧符"。明知地处亚热带，仍然未能免俗要烟熏火燎地制造常常带有尸味的腊肉。端午的龙舟粽子是不可少的，有几个人想到那"露才扬己怨怼沉江"的屈大夫？还不是旧俗相因虚应故事？中秋赏月，重九登高，永远一年一度地引起人们的不可磨灭的兴味。甚至腊八的那一锅粥，都有人难以忘怀。至于供个人赏玩的东西，当然是越旧越有意义。一把宜兴砂壶，上面有陈曼生制铭镌句，纵然破旧，气味自然高雅。"樗蒲锦背元人画，金粟笺装宋版书"，更是足以使人超然远举，与古人游。我有古钱一枚，"临安府行用，准参百文省"，把玩之余不能不联想到南渡诸公之观赏西湖歌舞。我有胡桃一对，祖父常常放在手里揉动，噶咯噶咯地作响，后来又在我父亲手里揉动，也噶咯噶咯地响了几十年，圆滑红润，有如玉髓，真是先人手泽，现在轮到我手里噶咯噶咯地响了，好几次险些儿被我的儿孙辈敲碎取出桃仁来吃！每一个破落户都可以拿了几件旧东西来，这是不足为奇的事。国家亦然。多少衰败的古国都有不少的古物，可以令人惊羡，欣赏，感慨，唏嘘！

旧的东西之可留恋的地方固然很多，人生之应该日新又新的地方亦复不少。对于旧日的典章文物我们尽管喜欢赞叹，可是我们不能永远盘桓在美好的记忆境界里，我们还是要回到这个现实的地面上来。在博物馆里我们面对商周的吉金，宋元明的书画瓷器，可是溜酸双腿走出门外便立刻要面对挤死人的公共汽车，丑恶的市招，和各种饮料一律通用的玻璃杯！

旧的东西大抵可爱，惟旧病不可复发。诸如夜郎自大的脾气，奴隶制度的残余，懒惰自私的恶习，蝇营狗苟的丑态，畸形病态的审美观念，以及罄竹难书的诸般病症，皆以早去为宜，旧病才去，可能新病又来，然而总比旧疴新恙一时并发要好一些。最可怕的是，倡言守旧，其实只是迷恋骸骨；惟新是骛，其实只是撷拾皮毛，那便是新旧之间两俱失之了。

退　休

　　退休的制度，我们古已有之。《礼记·曲礼》："大夫七十而致事。"致事就是致仕，言致其所掌之事于君而告老，也就是我们如今所谓的退休。礼，应该遵守，不过也有人觉得未尝不可不遵守。"礼岂为我辈设哉？"尤其是七十的人，随心所欲不逾矩，好像是大可为所欲为。普通七十的人，多少总有些昏聩，不过也有不少得天独厚的幸运儿，耄耋之年依然矍铄，犹能开会剪彩，必欲令其退休，来免有违笃念勋耆者之至意。年轻的一辈，劝你们少安毋躁，棒子早晚会交出来，不要抱怨"我在，久压公等"也。

　　该退休而不退休，这种风气好像我们也是古已有之。白居易有一首诗《不致仕》：

> 七十而致仕，礼法有明文。
> 何乃贪荣者，斯言如不闻？
> 可怜八九十，齿堕双眸昏。
> 朝露贪名利，夕阳忧子孙。
> 挂冠顾翠绫，悬车惜朱轮。

金章腰不胜，伛偻入君门。

谁不爱富贵？谁不恋君恩？

年高须告老，名遂合退身。

少时共嗤诮，晚岁多因循。

贤哉汉二疏，彼独是何人？

寂寞东门路，无人继去尘！

汉朝的疏广及其兄子疏受位至太子太傅少傅，同时致仕，当时的"公卿大夫故人邑子，设祖道供张东都门外，送者车数百辆。辞决而去。道路观者皆曰：'哉二大夫！'或叹息为之下泣"。这就是白居易所谓的"汉二疏"。乞骸骨居然造成这样的轰动，可见这不是常见的事，常见的是"伛偻入君门"的"爱富贵""恋君恩"的人。白居易"无人继去尘"之叹，也说明了二疏的故事以后没有重演过。

从前读书人十载寒窗，所指望的就是有一朝能春风得意，纡青拖紫，那时节踌躇满志，纵然案牍劳形，以至于龙钟老朽，仍难免有恋栈之情，谁舍得随随便便的就挂冠悬车？真正老骥伏枥志在千里的人是少而又少的，大部分还不是舍不得放弃那五斗米，千钟禄，万石食？无官一身轻的道理是人人知道的，但是身轻之后，囊橐也跟着要轻，那就诸多不便了。何况一旦投闲置散，一呼百诺的煊赫的声势固然不可复得，甚至于进入了"出无车"的状态，变成了匹夫徒步之士。在街头巷尾低着头逡巡疾走不敢见人，那情形有多么惨。一向由庶务人员自动供应的冬季炭盆所需的白炭，四时陈设的花卉盆景，乃至于琐屑如卫生纸，不消说都要突告来源断绝，那又情何以堪？所以一个人要想致仕，不能不三思，三思之后恐怕还是一动不如一静了。

如今退休制度不限于仕宦一途，坐拥皋比的人到了粉笔屑快要塞满他的气管的时候也要引退。不一定是怕他春风风人之际忽然一口气上不来，是要他腾出位子给别人尝尝人之患的滋味。在一般人心目中，冷板凳本来没有什么可留恋的，平素吃不饱饿不死，但是申请退休的人一旦公开表明要撤绛帐，他的亲戚朋友会一窝蜂地皇皇然，戚戚然，几乎要垂泣而道地劝告说他："何必退休？你的头发还没有白多少，你的脊背还没有弯，你的两手也不哆嗦，你的两脚也还能走路……"言外之意好像是等到你头发全部雪白，腰弯得像是"？"一样，患上了帕金孙症，走路就地擦，那时候再申请退休也还不迟。是的，是有人到了易箦之际，朋友们才急急忙忙的为他赶办退休手续，生怕公文尚在旅行而他老先生沉不住气，弄到无休可退，那就只好鼎惠恳辞了。更有一些知心的抱有远见的朋友们，会慷慨陈词："千万不可退休，退休之后的生活是一片空虚，那时候闲居无聊，闷得发慌，终日彷徨，悒悒寡欢……"把退休后生活形容得如此凄凉，不是没有原因的，因为平素上班是以

"喝喝茶，签签到，聊聊天，看看报"为主，一旦失去喝茶签到聊天看报的场所，那是会要感觉无比的枯寂的。

理想的退休生活就是真正的退休，完全摆脱赖以糊口的职务，做自己衷心所愿意做的事。有人80岁才开始学画，也有人50岁才开始写小说，都有惊人的成就。"狗永远不会老得到了不能学新把戏的地步。"何以人而不如狗乎？退休不一定要远离尘嚣，遁迹山林，也无需隐藏人海，杜门谢客——一个人真正的退休之后，门前自然车马稀。如果已经退休的人而还偶然被认为有剩余价值，那就苦了。

闲 暇

英国18世纪的笛孚，以《鲁滨孙漂流记》一书闻名于世，其实他写小说是在近60岁才开始的，他以前的几十年写作差不多全是以新闻记者的身份所写的散文。最早的一本书 1697年刊行的《设计杂谈》（An Essay upon Projects）是一部逸趣横生的奇书，我现在不预备介绍此书的内容，我只要引其中的一句话："人乃是上帝所创造的最不善于谋生的动物；没有别的一种动物曾经饿死过；外界的大自然给他们预备了衣与食；内心的自然本性给他们安设了一种本能，永远会指导他们设法谋取衣食；但是人必须工作，否则就挨饿，必须做奴役，否则就得死，他固然是有理性指导他，很少人服从理性指导而沦于这样不幸的状态；但是一个人年轻时犯了错误，以至后来颠沛困苦，没有钱，没有朋友，没有健康，他只好死于沟壑，或是死于一个更恶劣的地方，医院。"这一段话，不可以就表面字义上去了解，须知笛孚是一位"反语"大师，他惯说反话。人为万物之灵，谁不知道？事实上在自然界里一大批一大批饿死的是禽兽，不是人。人要适合于理性的生活，要改善生活状态，所以才要工作。笛孚本人是工作极为勤奋的人，他办刊物、写文章、做生意，从军又服官，一生忙个不停。就是在这本《设计杂谈》里，他也提出了许多高瞻远瞩的计划，像预言一般后来都一一实现了。

人辛勤困苦的工作，所为何来？夙兴夜寐，胼手胝足，如果纯是为了温饱像蚂蚁、蜜蜂一样，那又何贵乎做人？想起罗马皇帝玛克斯·奥瑞利阿斯的一段话：

"在天亮的时候，如果你懒得起床，要随时作如是想："我要起来，去做一个人的工作。"我生来就是为了做那工作的，我来到世间就是为了做那工作的，那么现在就去做那工作又有什么可怨的呢？我既是为了这工作而生的，那么我应该蜷卧在被窝里取暖么？"被窝里较为舒适呀。"那么你是生来为了享乐的吗？简言之，我且问汝，你是被动的还是主动的要有所作为？试想每一个小的植物，每一小鸟、蚂蚁、蜘蛛、蜜蜂，他们是如何的勤于操作，如何的克尽厥职，以组成一个有秩序的宇宙。那么你可以拒绝去做一个人的工作吗？自然命令你做的事还不赶快的去做么？"但是一些休息也是必要的呀。"这我不否认。但是根据自然之道，这也要有个限制，犹如饮食一般。你已经超过限制了，你已经超过足够的限量了。但是讲到工作你却不如此了；多做一点你也不肯。"

这一段策励自己勉力工作的话，足以发人深省，其中"以组成一个有秩序的宇宙"一语至堪玩味。使我们不能不想起古罗马的文明秩序是建立在奴隶制度之上的。有劳苦的大众在那里辛勤的操作，解决了大家的生活问题，然后少数的上层社会人士才有闲暇去做"人的工作"。大多数人是蚂蚁、蜜蜂，少数人是人。做"人的工作"需要有闲暇。所谓闲暇，不是饱食终日无所用心之谓，是免于蚂蚁、蜜蜂般的工作之谓。养尊处优，嬉遨惰慢，那是蚂蚁、蜜蜂之不如，还能算人！靠了逢迎当道，甚至为虎作伥，而猎取一官半职或是分享一些残羹冷炙，那是帮闲或是帮凶，都不是人的工作。奥瑞利阿斯推崇工作之必要，话是不错，但勤于操作亦应有个限度，不能像蚂蚁、蜜蜂那样的工作。劳动是必需的，但劳动不应该是终极的目标。而且劳动亦不应该由一部分负担而令另一部分坐享其成果。

人类最高理想应该是人人能有闲暇，于必须的工作之余还能有闲暇去做人，有闲暇去做人的工作，去享受人的生活。我们应该希望人人都能属于"有闲阶级"。有闲阶级如能普及于全人类，那便不复是罪恶。人在有闲的时候才最像是一个人。手脚相当闲，头脑才能相当的忙起来。我们并不向往六朝人那样萧然若神仙的样子，我们却企盼人人都能有闲去发展他的智慧与才能。

沉 默

我有一位沉默寡言的朋友。有一回他来看我，嘴边绽出微笑，我知道那就是相见礼，我肃客入座，他欣然就席。我有意要考验他的定力，看他能沉默多久，于是我也打破我的习惯，我也守口如瓶。二人默对，不交一语，壁上的时钟滴答滴答的声音特别响。我忍耐不住，打开一听香烟递过去，他便一支接一支地抽了起来，吧嗒吧嗒之声可闻。我献上一杯茶，他便一口一口地翕呷，左右顾盼，意态萧然。等到茶尽三碗，烟罄半听，主人并未欠伸，客人兴起告辞，自始至终没有一句话。这位朋友，现在已归道山，这一回无言造访，我至今不忘。想不到"闻所闻而来，见所见而去"的那种六朝人的风度，于今之世，尚得见之。

明张鼎思《琅琊代醉编》有一段记载："刘器之待制对客多默坐，往往不交一谈，至于终日。客意甚倦，或谓去，辄不听，至留之再三。有问之者，曰：'人能终日危坐，而不欠伸敧侧，盖百无一二，其能之者必贵人也。'以其言试之，人皆验。"可见对客默坐之事，过去亦不乏其例。不过所谓"主贵"之说，倒颇耐人寻味。所谓贵，一定要有一副高不可攀的神情，纵然不拒人千里之外，至少也要令人生莫测高深之感，所以处大居贵之士多半有一种特殊的本领，两眼望天，面部无表情，纵然你问他一句话，他也能听若无闻，不置可否。这样的人，如何能不贵？因为深沉的外貌，正好掩饰内部的空虚，这样的人最宜于摆在庙堂之上。《孔子家语》明明地写着，孔子"入太祖后稷之庙，庙堂右阶之前，有金人焉，三缄其口，而铭其背曰：'古之慎言人也'。"这庙堂右阶的金人，不是为市井细民作榜样的。

謇谔之臣，骨鲠在喉，一吐为快，其实他是根本负有诤谏之责，并不是图一时之快。鸡鸣犬吠，各有所司，若有言官而钳口结舌，宁不有愧于鸡犬？至于一般的仁人君子，没有不愤世忧时的，其中大部分悯默无言，但有间或也有"宁鸣而死，不默而生"的人，这样的人可使当世的人为之感喟，为之击节，他不能全名养寿，他只能在将来历史上享受他应得的清誉罢了。在有"不发言的自由"的时候而甘愿放弃这一项自由，这也是个人的自由。在如今这个时代，沉默是最后的一项自由。

有道之士，对于尘劳烦恼早已不放在心上，自然更能欣赏沉默的境界。这种沉默，不是话到嘴边再咽下去，是根本没话可说，所谓"知者不言，言者不知"。世尊在灵山会上，拈花示众，众皆寂然，惟迦叶破颜微笑，这会心微笑胜似千言万语。莲池大师说得好："世间酽醯醇醴，藏之弥久而弥美者，皆鎔封锢牢密不泄气故。古人云，'20年不开口说话，向后佛也奈何你不得。'旨哉言乎！"20年不开口说话，也许要把口闷臭，但是语言道断之后，性水澄清，心珠自现，没有饶舌的必要。基督教Carthusian教派也是以沉默静居为修行法门，经常彼此不许说话。"此中有真意，欲辨已忘言。"

庄子说："吾安得夫忘言之人，而与之言哉？"现在想找真正懂得沉默的朋友，也不容易了。

废 话

常有客过访，我打开门，他第一句话便是："您没有出门？"我当然没有出门，如果出门，现在如何能为你启门？那岂非是活见鬼？他说这句话也不是表讶异。人在家中乃寻常事，何惊诧之有？如果他预料我不在家才来造访，则事必有因，发现我竟在家，更应该不露声色，我想他说这句话，只是脱口而出，没有经过大脑，犹如两人见面不免说说一句"今天天气……"之类的话，聊胜于两个人都绷着脸一声不吭而已。没有多少意义的话就是废话。

人不能不说话，不过废话可以少说一点。11世纪时罗马天主教会在法国有一派僧侣，专主苦修冥想，是圣·伯鲁诺所创立，名为Carthusians，盖因地而得名，他的基本修行方法是不说话，一年到头的不说话。每年只有到了将近年终的时候，特准交谈一段时间，结束的时刻一到。尽管一句话尚未说完，大家立刻闭起嘴巴。明年开禁的时候，两人谈话的第一句往往是"我们上次谈到……"一年说一次话，其间准备的时光不少，废话一定不多。

梁武帝时，达摩大师在嵩山少林寺，终日面壁，九年之久，当然也不会随便开口说话，这种苦修的功夫实在难能可贵。明莲池大师《竹窗随笔》有云："世间酥醍醇醴，藏之弥久而弥美者，皆緣封锢牢密不泄气故。古人云：'20年不开口说话，向后佛也奈何你不得。'旨哉言乎！"一说话就怕要泄气，可是这一口气憋20年不泄，真也不易。监狱里的重犯，常被判处独居一室，使无说话机会，是一种惩罚。畜生没有语言文字，但是也会发出不同的鸣声表示不同的情意。人而不让他说话，到了寂寞难堪的时候真想自言自语，甚至说几句废话也是好的。

可是有说话自由的时候，还是少说废话为宜。"群居终日，言不及义，难矣哉！"那便是废话太多的意思。现代的人好像喜欢开会，一开会就不免有人"致辞"，而致辞者常常是长篇大论，直说得口干舌燥，也不管听者是否恹恹欲睡欠伸连连。《孔子家语》："庙堂右阶之前，有金人焉，三缄其口，而铭其背曰：'古之慎言人也。'"能慎言，当然于慎言之外不会多说废话。三缄其口只是象征，若是真的三缄其口，怎么吃饭？

串门子闲聊天，已不是现代社会所允许的事，因为大家都忙，实在无暇闲磕牙。不过也有在闲聊的场合而还侈谈本行的正经事者，这种人也讨厌。最可怕的是不经预先约定而闯上门来的长舌妇或长舌男，他们可以把人家的私事当做座谈的资料。某人资产若干，月入多少，某人芳龄几何，美容几次，某人帷薄不修，某人似有外遇……说得津津有味，实则有伤口业的废话而已。

行文也最忌废话。《朱子语类》里有两段文字：

> 欧公文，亦多是修改到妙处。顷有人买得他醉翁亭稿。初说滁州四面有山，凡数十字，末后改定，只曰"环滁皆山也"五字而已。如寻常不经思虑，信意所作言语，亦有绝不成文理者，不知如何。

> 南丰过荆襄，后山携所作以谒之。南丰一见爱之，因留款语。适欲作一文字，事多，因托后山为之，且授以意。后山文思亦涩，穷日之力方成，仅数百言，明日以呈南丰。南丰云："大略也好，只是冗字多，不知可为略删动否？"后山因请改窜。但见南丰就坐，取笔抹数处，每抹处连一两行，便以授后山，凡削去一二百字。后山读之，则其意尤完，因叹服，遂以为法，所以后山文字简洁如此。

前一段说的是欧阳修的《醉翁亭记》。开端第一句"环滁皆山也"，不说废话，开门见山，是从数十字中删汰而来。后一段记的是陈后山为文数百言，由曾巩削去一二百个冗字，而文意更为完整无瑕。凡为文者皆须知道文字须要锻炼，简言之，就是少说废话。

健　忘

　　是爱迪生吧？他一手持蛋，一手持表，准备把蛋下锅煮五分钟，但是他心里想的是一桩发明，竟把表投在锅里，两眼盯着那个蛋。

　　是牛顿吧？专心做一项实验，忘了吃摆在桌上的一餐饭。有人故意戏弄他，把那一盘菜肴换为一盘吃剩的骨头。他饿极了，走过去吃，看到盘里的骨头叹口气说："我真糊涂，我已经吃过了。"

　　这两件事其实都不能算是健忘，都是因为心有旁骛，心不在焉而已。废寝忘餐的事例，古今中外多的是。真正患健忘症的，多半是上了年纪的人。小小的脑壳，里面能装进多少东西？从五六岁记事的时候起，脑子里就开始储藏这花花世界的种种印象，牙牙学语之后，不久又"念、背、打"，打进去无数的诗云、子曰，说不定还要硬塞进去一套 ABCD，脑海已经填得差不多，大量的什么三角儿、理化、中外史地之类又猛灌而入，一直到了成年，脑子还是不得轻闲，做事上班、养家糊口，无穷无尽的阑茸事由需要记挂，脑子里挤得密不通风，天长日久，老态荐臻，脑子里怎能不生锈发霉而记忆开始模糊？

　　人老了，常易忘记人的姓名。大概谁都有过这样的经验：蓦地途遇半生不熟的一个人，握手言欢老半天，就是想不起他的姓名，也不好意思问他尊姓大名，这情形好尴尬，也许事后于无意中他的姓名猛然间涌现出来，若不及时记载下来，恐怕随后又忘到九霄云外。人在尚未饮忘川之水的时候，脑子里就已开始了清仓的活动。范成大诗："僚旧姓名多健忘，家人长短总伴聋。"僚旧那么多，有几个能令人长相忆？即使记得他的相貌特征，他的姓名也早已模糊了，倒是他的绰号有时可能还记得。

　　不过也有些事是终身难忘的，白居易所谓"老来多健忘，惟不忘相思"。当然相思的对象可能因人而异。大概初恋的滋味是永远难忘的，两团爱凑在一起，迸然爆出了火花，那一段惊心动魄的感受，任何人都会珍藏在他和她的记忆里，忘不了，忘不了。"春风得意马蹄疾"的得意事，不容易忘怀，而且惟恐大家不知道。沮丧、窝囊、羞耻、失败的不如意事也不容易忘，只是捂捂盖盖的不愿意一再地抖搂出来。

　　忘不一定是坏事。能主动的彻底的忘，需要上乘的功夫才办得到。《孔子家语》："哀公问于孔子曰：'寡人闻忘之甚者，从徙忘其妻，有诸？'孔子曰：'此犹未甚者也。甚者乃忘其身。'"徙而忘其妻，不足为训，但是忘其身则颇有道行。人之大患在于有身，能忘其身即是到了忘我的境界。常听人说，忘恩负义乃是最令人难堪的事之一。莎士比亚有这样的插曲：

> 吹，吹，冬天的风，
> 你不似人间的忘恩负义
> 那样的伤天害理；
> 你的牙不是那样的尖，
> 因为你本是没有形迹，
> 虽然你的呼吸甚厉……

> 冻，冻，严酷的天，
> 你不似人间的负义忘恩
> 那般的深刻伤人；
> 虽然你能改变水性，
> 你的尖刺却不够凶，
> 像那不念旧交的人……

其实施恩示义的一方，若是根本忘怀其事，不在心里留下任何痕迹，则对方根本也就像是无恩可忘无义可负了。所以崔瑗座右铭有"施人慎勿念，受施慎勿忘"之语。玛克斯·奥瑞利阿斯说："我们遇到忘恩负义的人不要惊讶，因为这世界上就是有这样的一种人。"这种见怪不怪的说法，虽然洒脱，仍嫌执着，不是最上乘义。《列子·周穆王》篇有一段较为透彻的见解：

> 宋阳里华子，中年病忘。朝取而夕忘，夕与而朝亡；在途则忘行，在室则忘坐；今不识先，后不识今。阖家苦之。巫医皆束手无策。鲁有儒生自媒能治之。华子之妻以所蓄资财之半求其治疗之方。儒生曰："此非祈祷药石所能治。吾试化导其心情，改变其思虑，或可愈乎？"于是试露之，而求衣；饥之，而求食；幽之，而求明。儒生欣然告其子曰："疾可除也，然吾之方秘密传授，不以告人。试屏左右，我一人与病者同室为之施术七日。"从之。不知其所用何术，而多年之疾一旦尽除。华子既悟，乃大怒，处罚妻子，操戈逐儒生。宋人止之，问其故。华子曰："曩吾忘也，荡荡然不觉天地之有无。今顿识既往，数十年来存亡得失，哀乐好恶，扰扰万绪起矣。吾恐将来之存亡得失、哀乐好恶之乱吾心如此也。须臾之忘，可复得乎？"子贡闻而怪之。孔子曰："此非汝所及也。"

人而健忘，自有诸多不便处。有人曾打电话给朋友，询问自己家里的电话号码。也有人外出餐叙，餐毕回家而忘了自家的住址，在街头徘徊四顾，幸而遇到仁人君子送他回去。更严重的是有人忘记自己是谁，自己的姓名、住址一概不知，真所谓物我两忘，结果只好被人送进警局招领。像华子所向往的那种"荡荡然不觉天地之有无"的境界，我们若能偶然体验一下，未尝不可，若是长久的那样精进而不退转，则与植物无大差异，给人带来的烦扰未免太大了。

梦

　　《庄子·大宗师》："古之真人，其寝不梦。"注："其寝不梦，神定也，所谓至人无梦是也。"作到至人的地步是很不容易的，要物我两忘，"嗒然若丧其耦"才行。偶然接连若干天都是一夜无梦，浑浑噩噩地睡到大天光，这种事情是常有的，但是长久的不作梦，谁也办不到。有时候想梦见一个人，或是想梦作一件事，或是想梦到一个地方，拼命地想，热烈地想，刻骨铭心地想，偏偏想不到，偏偏不肯入梦来。有时候没有想过的，根本不曾起过念头的，而且是荒谬绝伦的事情，竟会窜入梦中，突如其来，挥之不去，好惊、好怕、好窘、好羞！至于我们所企求的梦，或是值得一作的梦，那是很难得一遇的事，即使偶有好梦，也往往被不相干的事情打断，蘧然而觉。大致讲来，好梦难成，而噩梦连连。

　　我小时候常做的一种梦是下大雪。北国冬寒，雪虐风饕原是常事，哪有一年不下雪的？在我幼小心灵中，对于雪没有太大的震撼，顶多在院里堆雪人、打雪仗。但是我一年四季之中经常梦雪；差不多每隔一二十天就要梦一次。对于我，雪不是"战退玉龙三百万，败鳞残甲满天飞"（张承吉句），我没有那种狂想。也没有白居易"可怜今夜鹅毛雪，引得高情鹤氅人"那样的雅兴。更没有柳宗元"独钓寒江雪"的那份幽独的感受。雪只是大片大片的六出雪花，似有声似无声的、没头没脑地从天空筛将下来。如果这一场大雪把地面上的一切不平都匀称的遮覆起来，大地成为白茫茫的一片，像韩昌黎所谓"凹中初盖底，凸处尽成堆"，或是相传某公所谓的"黄狗身上白，白狗身上肿"。我一觉醒来便觉得心旷神怡，整天高兴。若是一场风雪有气无力，只下了薄薄一层，地面上的枯枝败叶依然暴露，房顶上的瓦垄也遮盖不住，我登时就会觉得哽结，醒后头痛欲裂，终朝寡欢。这样的梦我一直做到十四五岁才告停止。

　　紧接着常做的是另一种梦，梦到飞。不是像一朵孤云似的飞，也不是像扶摇而上九万里的大鹏，更不是徐志摩在《想飞》一文中所说："飞上天空去浮着，看地球这弹丸在太空里滚着，从陆地看到海，从海再看回陆地。凌空去看一个明白……"我没有这样规模的豪想。我梦飞，是脚踏实地地两腿一弯，向上一纵，就离了地面，起先是一尺来高，渐渐上升一丈开外，两脚轻轻摆动，就毫不费力地越过了影壁，从一个小院窜到另一个小院，左旋右转，夷犹如意。这样的梦，我经常作，像潘彼得"那个永远长不大的孩子"，说飞就飞，来去自如。醒来之后，就觉得浑身通泰。若是在梦里两腿一踹，竟飞不起来，身像铅一般的重，那么醒来就非常沮丧，一天不痛快。这样的梦做到十八九岁就不再有了。大概是潘彼得已经长大，而我像是雪莱《西风歌》所说的"落在人生的荆棘上了！"

成年以后，我过的是梦想颠倒的生活，白天梦做不少，夜梦却没有什么可说的。江淹少时梦人授以五色笔，由是文藻日新。王珣梦大笔如椽，果然成大手笔。李白少时笔头生花，自是天才瞻逸，这都是奇迹。说来惭愧，我有过一支小小的可以旋转笔芯的四色铅笔，我也有过一幅朋友画赠的"梦笔生花图"，但是都无补于我的文思。我的亲人、我的朋友送给我的各式各样的大小精粗的笔，不计其数，就是没有梦见过五色笔，也没有梦见过笔头生花。至于黄帝之梦游华胥、孔子之梦见周公、庄子之梦为蝴蝶、陶侃之梦见天门，不消说，对我更是无缘了。我常有噩梦，不是出门迷失，找不着归途，到处"鬼打墙"，就是内急找不到方便之处，即使找到了地方也难得立足之地，再不就是和恶人打斗而四肢无力，结果大概都是大叫一声而觉。像黄粱梦、南柯一梦……那样的丰富经验，纵然是梦不也是很快意么？

梦本是幻觉，迷离惝恍，与过去的意识或者有关，与未来的现实应是无涉，但是自古以来就把梦当兆头。晋皇甫谧《帝王世纪》说：黄帝做了两个大梦，一个是"大风吹天下之尘垢皆去"，一个是"人执千钧之弩驱羊万群"，于是他用江湖上拆字的方法占梦，依前梦"得风后于海隅，登以为相"，依后梦"得力牧于大泽，进以为将。"据说黄帝还著了《占梦经》11卷。假定黄帝轩辕氏是于公元前2698年即帝位，他用什么工具著书，其书如何得传，这且不必追问。周礼春官证实当时有官专司占梦之事，"观天地之会，辨阴阳之气，以日月星辰，占六梦之吉凶，一曰正梦，二曰噩梦，三曰思梦，四曰寤梦，五曰喜梦，六曰惧梦。"后世没有占梦的官，可是梦为吉凶之兆，这种想法仍深入人心。如今一般人梦棺材，以为是升官发财之兆；梦粪便，以为是黄金万两之征。何况自古就有传说，梦熊为男子之祥，梦兰为妇人有身，甚至梦见自己的肚皮上生出一棵大松树，谓为将见人君，真是痴人说梦。

快　乐

　　天下最快乐的事大概莫过于做皇帝。"首出庶物，万国咸宁。"至不济可以生杀予夺，为所欲为。至于后宫粉黛三千，御膳八珍罗列，更是不在话下。清乾隆皇帝，"称八旬之觞，镌十全之宝"，三下江南，附庸风雅。那副志得意满的神情，真是不能不令人兴起"大丈夫当如是也"的感喟。

　　在穷措大眼里，九五之尊，乐不可支。但是试起古今中外的皇帝于地下，问他们一生中是否全是快乐，答案恐怕相当复杂。西班牙国王拉曼三世（Abder Rahman Ⅲ，960）说过这么一段话：

　　　　"我于胜利与和平之中统治全国约五十年，为臣民所爱戴，为敌人所畏惧，为盟友所尊敬。财富与荣誉，权力与享受，呼之即来，人世间的福祉，从不缺乏。在这情形之中，我曾勤加计算，我一生中纯粹的真正幸福日子，总共仅有14天。"

御宇50年，仅得14天真正幸福日子。我相信他的话。宸谟睿略，日理万机，很可能不如闲云野鹤之怡然自得。于此我又想起从一本英语教科书上读到一篇寓言。题目是《一个快乐人的衬衫》。某国王，端居大内，抑郁寡欢，虽极耳目声色之娱，而王终不乐。左右纷纷献计，有一位大臣言道：如果在国内找到一位快乐的人，把他的衬衫脱下来，给国王穿上，国王就会快乐。王韪其言，于是使者四出寻找快乐的人。访遍了朝廷显要，朱门豪家，人人都有心事，家家都有一本难念的经，都不快乐。最后找到一位农夫，他耕罢在树下乘凉，裸着上身，大汗淋漓。使者问他："你快乐么？"农夫说："我自食其力，无忧无虑！快乐极了！"使者大喜，便索取他的衬衣。农夫说："哎呀！我没有衬衣。"这位农夫颇似我们的禅门之"一丝不挂"。

常言道，"境由心生"，又说"心本无生因境有"。总之，快乐是一种心理状态。内心湛然，则无往而不乐。吃饭睡觉，稀松平常之事，但是其中大有道理。大珠《顿悟入道要门论》："有源律师来问：'和尚修道，还用功否？'师曰：'用功。'曰：'如何用功？'师曰：'饥来吃饭，困来即眠。'曰：'一切人总如是，同师用功否？'师曰：'不同。'曰：'何故不同？'师曰：'他吃饭时不肯吃饭，百种须索，睡时不肯睡，千般计较。所以不同也。'律师杜口。"可是修行到心无挂碍，却不是容易事。我认识一位唯心论的学者，平素昌言意志自由，忽然被人绑架，系于暗室十有余日，备受凌辱，释出后他对我说："意志自由固然不诬，但是如今我才知道身体自由更为重要。"常听人说烦恼即菩提，我们凡人遇到烦恼只是深感烦恼，不见菩提。

快乐是在心里，不假外求，求即往往不得，转为烦恼。叔本华的哲学是：苦痛乃积极的实在的东西，幸福快乐乃消极的根本不存在的东西。所谓快乐幸福乃是解除苦痛之谓。没有苦痛便是幸福。再进一步看，没有苦痛在先，便没有幸福在后。梁任公先生曾说："人生最快乐的事，莫过于看着一件工作的完成。"在工作过程之中，有苦恼也有快乐，等到大功告成，那一份"如愿以偿"的快乐便是至高无上的幸福了。

有时候，只要把心胸敞开，快乐也会逼人而来。这个世界，这个人生，有其丑恶的一面，也有其光明的一面。良辰美景，赏心乐事，随处皆是。智者乐水，仁者乐山。雨有雨的趣，晴有晴的妙，小鸟跳跃啄食，猫狗饱食酣睡，哪一样不令人看了觉得快乐？就是在路上，在商店里，在机关里，偶尔遇到一张笑容可掬的脸，能不令人快乐半天？有一回我住进医院里，僵卧了十几天，病愈出院，刚迈出大门，陡见日丽中天，阳光普照，照得我睁不开眼，又见市廛熙攘，光怪陆离，我不由得从心里欢叫起来："好一个艳丽盛装的世界！"

"幸遇三杯酒美，况逢一朵花新？"我们应该快乐。

流行的谬论

有许多俚语俗谚，都是多少年下来的经验与智慧累积锻炼而成。简单的一句话，好像含着颠扑不破的真理。所以在言谈之间，常被摭引，有时候比古圣先贤的嘉言遗训还更亲切动人。由于时代变迁，曩昔的金言有些未必可以奉为圭臬，有些即使仍在流行，事实上也已近于谬论。如要举例，信手拈来就有下面几条：

一、树大自直

一个孩子，缺乏家教，或是父母溺爱，很易变成性情乖张，恣肆无礼，稍长也许还会沾染恶习，自甘堕落。常言道："三岁看小，七岁看老。"悲观的人就要认为这个孩子没有出息，长大了之后大概是败家子或社会上的蠹虫。有些人比较乐观（包括大多数父母在内），却另有想法："没关系，树大自直。""浪子回头千金不换"的故事不是常有所闻的吗？

树大会不会都能自直，我怀疑。山水画里的树很少是直的，多半是倚里歪斜的，甚或是悬空倒挂的。"抚孤松而盘桓。"那孤松不歪不斜便很难去抚。景山上的那棵歪脖树，是天造地设的投缳殉国的装备，至今也没有直起来。当然，山上的巨木神木都是直挺挺地矗立着的，一片片的杉木林全是栋梁之材，也没有一棵是弯曲的。这些树不是长大了才变直，是生来就是直的。堂前栽龙柏，若无木架扶持，早晚会东歪西倒。

浪子回头的事是有的，但是不多，所以一有这种事情发生便被人传诵，算是佳话。浪子而不回头者则滔滔皆是，没有人觉得值得齿及。没出息的孩子变成有出息，我们可以举出许多例子，而没出息的孩子一直没出息到底则如恒河沙数。

树要修要剪，要扶要培。孩子也是一样。弯了的树不会自直，放纵坏了的孩子大概也不会自立。西谚有云："舍不得用板子，便会纵坏了孩子。"约翰孙博士不完全反对体罚，孩子的行为若是不正，在他身上肉厚的地方给几巴掌，他认为最是简捷了当的处理方法。

二、虱多不痒，债多不愁

晋王猛"扪虱而言，旁若无人"，固然是名士风流，无视权势。可是他的大布褂内长满了体虱（有无头虱阴虱我们不知道），那份奇痒难熬，就是没有多少经验的人也会想象得出。嵇康与山巨源绝交，也自称"性复多虱，把搔无已"，作为是不堪"裹以章服揖拜上官"的理由之一。若说虱多不痒，天晓得！虱不生则已，生则繁殖甚速，孵化很快，虱愈多则愈痒，势必非"倩麻如痒处搔"不可。

对许多人而言，借贷是寻常事。初次向人告贷，也许带有几分忸怩，手心朝上，"口将言而嗫嚅"。既贷到手，久不能偿，心头上不能不感到压力，不愁才怪！债愈多则压力愈大。债主逼上门来，无词以对，处境尴尬，设若遇到索债暴徒，则不免当场出彩。也许有人要说，近有以债养债之说．多方接纳，广开债源，债额愈大，则借贷愈易，于是由小债而变成大债，挹彼注此，左右逢源，最后由大债而变成呆账，不了了之。殊不知这种缺德之事也不是人尽能为，必其人长袖善舞而且寡廉鲜耻，随时担着风险，若说他心里坦然，无忧无虑，恐亦不然。又有人说，逋不能偿，则走为上计。昔人有"债台高筑"之说，所谓债台即是逃债之台。如今时代进步，欲逃债可以远走高飞，到异乡作寓公，不必自己高筑债台，何愁之有？殊不知人非情急，谁也不愿效狗急之跳墙。身在外邦，也要藏藏躲躲，见不得人，我猜想他的那种生活也不是一个愁字了得。

有虱必痒，债多必愁。

三、老天爷饿不死瞎家雀儿

有人真相信"天地之大德曰生"，对于一切有情之伦挣扎于濒死边缘好像是视若无睹。人间有无法糊口者，有生而残障者，有遭逢饥馑，旱涝蝗灾，辗转沟壑者。他认为不必着慌，"船到桥头自然直"，冥冥之中似有主宰，到头来大家都有饭吃。即使是一只瞎家雀也不会活生生地饿死。

谁说的！我在寒冷的北方就不止一次看到家雀从檐角坠下，显然的是饥寒交迫而死，不过我没有去验它是否瞎的。我记得哈代有一首诗，题曰"提醒者"，大意是说他在耶诞前夕正在准备过一个快乐的夜晚，忽见窗外寒枝之上落着一只小鸟，冻得直哆嗦，饿得啄食一个硬干果，一下子堕下去像个雪球似的死了。他叹道，我难得刚要快活一阵，你竟来提醒我生活的艰难困苦！这是典型的悲观主义者哈代的一首小诗，他大概不知道我们的那句俗话"老天爷饿不死瞎家雀儿"。麻雀微细不足道，但是看看非洲在旱灾笼罩之下，多少人都成了饿殍，白骨黄沙，惨不忍睹，是人谋不臧，还是天降鞠凶？人在情急的时候，无不呼天抢地，天地会一伸援手吗？有些地方旱魃肆虐，忽然大雨滂沱，大家额手相庆，感谢上苍，没有想到雨水滋润了干土，蝗虫的卵得以在地下孵化，不久就构成了蝗灾。老天爷是何居心？

天生万物，相克相杀，没有地方讲理去，老天爷管不了许多。

四、好的开始便是成功的一半

这句话是从外语翻译过来的，很多人常把这句话挂在嘴边。未尝不是一句善颂善祷的话，当事人听了觉得很受用。但是再想一下，一个辉煌的开始便是百分之五十成功的保证，天下有这等便宜事？

《诗·大雅·荡》："靡不有初，鲜克有终。"是比较平实的说法。我们国人做事擅长的一手是"五分钟热气"，在开始时候激昂慷慨，铺张扬厉，好像是要雷厉风行，但是过不了多久，渐渐一切抛在脑后，虽然口里高唱"贯彻始终"，事实上常是有始无终。

参加赛跑的人，起步固然要紧，但最后胜利却系于临终的冲刺。最近看我们的一个球队参加国际比赛，开始有板有眼，好一阵子一直领先，但是后继无力，终落惨败。好的开始似乎无关最后的成败。

五、眼不见为净

老早有人劝我别吃烧饼，说烧饼里常夹有老鼠屎，我不信。后来我好奇，有一天掰开烧饼看看，赫然一粒老鼠屎在焉。"一粒老鼠屎搅乱一锅粥！"从此我有了戒心，不敢常吃烧饼。偶然吃一次，必先掰开仔细看看。

有人笑我过分小心。他的理论是：我们每天吃的东西种类繁多，焉能一一亲自检视，大致不差也就是了，眼不见为净。人的肉眼本来所见有限，好多有毒的或无害的微生物都不是肉眼所能窥察得到的。眼见的未必净，眼不见的也未必不净。他这种说法好有一比，现代司法观念之一是：凡嫌犯之未能证实其为有罪之前，一律假设其为无罪。食物未经化验其为不净，似乎也可以认为它是净的。这种说法很危险，如果轻信眼不见为净，很可能吃下某些东西而受害不浅，重则致命，轻则缠绵病榻，伏枕呻吟。

科学方法建设在几项哲学假设上面，其中之一是假设物质乃普遍的一致。抽样检查之可靠性也是假设其全部品质都是一样的。我们除了信赖科学检验之外，别无选择。俗语说："过水为净。"不失为可行，蔬菜水果之类多洗几遍即可减除其中残留的农药。不过食物不是都可以水洗的。

"眼不见为净"之说固不可盲从，所谓"没脏没净，吃了没病"之说简直是荒谬。

六、伸手不打笑脸人

笑脸是不常见的。常见的是面皮绷得紧紧的驴脸，可以制下一层霜的冷脸，好像才吞了农药下去的苦脸，睡眠不足的或是劬劳瘠悴的病脸，再不就是满脸横肉的凶脸。所以我们偶然看见一张笑脸，不由得不心生喜悦。那笑脸也许不是生自内心而自然流露，也许是为了某种需要而强作笑颜。脸不必笑得像一朵花，只要面部肌肉稍为放松，嘴角稍为咧开一点，就会给人以相当的舒适感。我一向相信，笑脸是人际关系中可以通行无阻的安全证。即使人在盛怒之中，摩拳擦掌，但是不会去打一个笑脸人，他下不去手。

最近看了报上一则新闻，开始觉得笑脸并不一定能保障一个人的安全。赔笑脸有时还是免不了挨嘴巴，事属常有，我所见的这条新闻却不寻常。有一位不务正业而专走邪道的青年，有一天踉跄地回家，狼狈地伏在案头，一言不发。老母见状，不禁莞尔。这一笑，不打紧，不知年轻人是误会为讥笑、讪笑，或是冷笑，他上去对准老母胸前就是一拳。老母应拳而倒，一命归西！微微一笑引起致命的一拳。以后下文如何，不得而知。

人到了要伸手打人的时候，笑脸不但不足以御强拳，而且可以招致杀身之祸。但愿这是一条孤证。

七、吃一行，恨一行

"三百六十行，行行出状元。"这是说职业不分上下，每一行范围之内一个人只要努力，不愁不能出人头地作到顶尖的位置。这也是劝勉人各就岗位奋斗向上，不要一味的"这山望着那山高"。究竟行还是有高低，犹山之有高低。状元与状元不同。西瓜大王不能与钢铁大王比，馄饨大王也不能和煤油大王比。

每一行都有它的艰难困苦，其发展的路常是坎坷多舛的。投身到任何一个行当，只好埋头苦干。有人只看见和尚吃馒头，没看见和尚受戒，遂生羡慕别人之心，以为自己这一行只有苦没有乐，不但自己唉声叹气，恨自己选错了行，还会谆谆告诫他的子弟千万别再做这一行。这叫做"吃一行，恨一行"。

造出"吃一行，恨一行"这句话的人，其用心可能是劝勉大家安分守己，但是这句话也道出了无数人的无可奈何的心情。其实干一行应该爱一行才对。因为没有一行没有乐趣，至少一件工作之完满地完成便是无上乐趣。很多知道敬业的人不但自己满足于他的行当，而且教导他的子弟步武他的踪迹，被人称为"克绍箕裘"，其间没有丝毫恨意。

八、子不嫌母丑，狗不嫌家贫

狗是很聪明的动物，但不太聪明。乞丐拄着一根杖，提着一个钵，沿门求乞，一条瘦狗寸步不离地跟随着他。得到一些残肴剩炙，人与狗分而食之。但是狗不会离开他，不会看到较好的去处便去趋就，所以说狗不算太聪明，虽然它有那么一分义气。

在儿女的眼光里，母亲应该是最美最可爱最可信赖最该受感激的一个人。人有丑的，母亲没有丑的。母亲可以老，但不会丑。从前有一首很流行的儿歌《乌鸦歌》，记得歌词是这样的："乌鸦乌鸦对我叫，乌鸦真真孝。乌鸦老了不能飞，对着小鸦啼。小鸦朝朝打食归，打食归来先喂母。'母亲从前喂过我！'"这是借乌鸦反哺来劝孝的歌，但是最后一句"母亲从前喂过我"实在非常动人，没有失去人性的人回想起"母亲从前喂过我"，再听了这句歌词，恐怕没有不心酸的。每个人大概都会为了他的母亲而感觉骄傲，谁会嫌他的母亲丑？

"狗不嫌家贫，子不嫌母丑"，话没有错。不过嫌贫爱富恐怕是人之常情，不嫌家贫这份美誉恐怕要让狗来独享下去。子嫌母丑的例子也不是没有。我就知道有两个例子，无独有偶。有两位受过所谓"高等教育"的人，家里延见宾客，照例有两位衣服破敝的老妇捧茶出来，主人不予介绍，客人也就安然受之，以为那个老妪必是佣妇。久之才从侧面打听出来那老妪乃主人之生母。主人嫌其老丑，有失体面，认为见不得人，使之奉茶，废物利用而已。

狗不嫌家贫，并未言过其实。子不嫌母丑，对越来越多的人有变为谬论的可能。

湾区有段古多媒体系列丛书

湾区有古

湾区街巷有段古

李沛聪 主编

李欣 副主编

SPM 南方传媒　广东人民出版社
·广州·

图书在版编目（CIP）数据

湾区街巷有段古 / 李沛聪主编；李欣副主编.
广州：广东人民出版社, 2025. 2. --（"湾区有段古"
多媒体系列丛书）. -- ISBN 978-7-218-18460-9

Ⅰ. G127.6

中国国家版本馆 CIP 数据核字第 2025UR3379 号

WANQU JIEXIANG YOU DUAN GU

湾区街巷有段古

李沛聪　主编　李欣　副主编

出 版 人：肖风华

责任编辑：黄洁华　郑方式
插画绘制：程清桦
责任技编：吴彦斌　赖远军

出版发行 广东人民出版社
地　　址：广州市越秀区大沙头四马路 10 号（邮政编码：510199）
电　　话：（020）85716809（总编室）
传　　真：（020）83289585
网　　址：http://www.gdpph.com
印　　刷：广州市豪威彩色印务有限公司
开　　本：889 毫米 ×1194 毫米　1/32
印　　张：7.75　　**插　页**：1　　**字　数**：150 千
版　　次：2025 年 2 月第 1 版
印　　次：2025 年 2 月第 1 次印刷
定　　价：45.00 元

如发现印装质量问题，影响阅读，请与出版社（020-85716849）联系调换。
售书热线：020-87716172